Ann-Katrin Heger

Tanz der Herzen

Umschlagillustration von Ina Biber, Gilching
Umschlaggestaltung von Friedhelm Steinen-Broo, eSTUDIO CALAMAR

Unser gesamtes lieferbares Programm und viele
weitere Informationen zu unseren Büchern,
Spielen, Experimentierkästen, DVDs, Autoren und
Aktivitäten findest du unter **kosmos.de**

Weitere Bände dieser Reihe siehe S. 157

Gedruckt auf chlorfrei gebleichtem Papier

© 2017, Franckh-Kosmos Verlags-GmbH & Co. KG, Stuttgart
Alle Rechte vorbehalten.
ISBN 978-3-440-15365-9
Redaktion: Natalie Friedrich
Produktion: DOPPELPUNKT, Stuttgart
Druck und Bindung: GGP Media GmbH, Pößneck
Printed in Germany / Imprimé en Allemagne

Tanz der Herzen

Tod im See	7
Spieglein, Spieglein an der Wand	17
Angst im Studio	23
Rosenschnüffler	36
Hip-Hop für alle!	44
Ewige Treue	54
Enttäuschungen und Ermittlungen	62
Erste-Hilfe-Maßnahmen	70
Richtig hip und unglaublich hop!	78
Filmbeweise	86
Bilderflut	94
Herrn Binsers Herz tanzt	100
Schwarze Rosen und Tränen	107
Zwei halbe Pläne und eine Bauchlandung	119
Auf der Mauer, auf der Lauer …	125
Gefangen!	131
Tränen und weiße Träume	139
Ein Schwan zum Küssen	145
Vorhang auf!	151

Tod im See

Es wurde dunkel. Der Wind peitschte dichte Nebelfetzen über den See wie getriebene Geister und die Wellen türmten sich höher und höher. Odette trat ans Ufer. Ihr weißes Tüllkleid bauschte sich auf. Sie beugte sich weit über den Felsen, legte die Hände an den Mund und rief immer wieder verzweifelt den Namen ihres Liebsten: »Siegfried!«
Marie schlug fassungslos die Hände vor den Mund. Nein, nicht!, flehte sie Odette innerlich an. Geh nicht ins Wasser! Das kann nicht gut gehen!
Doch Odette ließ sich nicht beirren. Sie stürzte sich in die Fluten, ihrem Geliebten hinterher.
Ein Schrei. Markerschütternd.
Marie konnte den Blick nicht von dem grausamen Ereignis abwenden, das sich nur ein paar Meter entfernt vor ihren Augen abspielte.
Odette tauchte wieder auf. Das Gesicht vor Anstrengung und Angst verzerrt. Sie kämpfte. Doch Marie wusste, dass Odette es nicht schaffen würde. Ihre Bewegungen wurden immer langsamer. Immer qualvoller. Sie bäumte sich ein letztes Mal auf und versank endgültig.
Dann war alles still.
Aber nur für einen kurzen Augenblick.
Denn als der Vorhang fiel, begann das Publikum begeistert zu klatschen und zu johlen.
Marie wischte sich mit dem Handrücken die Tränen von den Wangen. In weiser Voraussicht hatte sie heute Morgen

wasserfeste Mascara aufgetragen, sodass sie sich um ihr Makeup keine Sorgen zu machen brauchte. Sie wusste aus Erfahrung, dass bei Premierenfeiern alle nah am Wasser gebaut hatten. Erfolg und Misserfolg, Rührung und Enttäuschung lagen da ganz nah beieinander.
Sie strich sich über die Arme. Gänsehaut. Überall Gänsehaut. Aber das war kein Wunder. Diese Inszenierung von *Schwanensee* war wirklich die beste gewesen, die sie je gesehen hatte. Unglaublich, wie Lara Semova, ihre Ballettlehrerin, den Schwan getanzt hatte. Diese Rolle war schwer. Die Ballerina musste das Mädchen Odette verkörpern, das in einen Schwan verzaubert worden war. Aber nicht nur das. Dieselbe Tänzerin musste auch die böse Zauberin, die in Gestalt des schwarzen Schwans auftrat, tanzen. Doch Laras Tanz war leicht und grazil gewesen, als könnte sie fliegen. Nächste Woche würde Marie auch auf dieser Bühne stehen. So richtig glauben konnte sie es immer noch nicht, dass Lara sie, Marie Grevenbroich, ausgewählt hatte, ihre Tochter Anna als einen der kleinen Schwäne zu vertreten. Es war eine kleine Rolle und Marie würde sie nur so lange tanzen, bis Anna aus Russland zurückkam. Aber sie machte richtig Spaß! Marie setzte sich auf, um besser sehen zu können, wie die Tänzerinnen und Tänzer sich verbeugten. Doch sie ließ sich gleich wieder in den Sessel zurückplumpsen, denn der Muskelkater in den Oberschenkeln tat höllisch weh. Kein Wunder, sie hatte die letzten Wochen fast jeden Tag Tanztraining gehabt.
Marie sah Kim und Franzi an, die neben ihr saßen. Auch sie klatschten nicht, sondern waren noch völlig im Bann des Schauspiels, das sie eben gesehen hatten.

Kim merkte als Erste, dass Marie sie beobachtete. Verlegen wischte sie sich am Auge herum, räusperte sich und sagte: »Wow, das war echt beeindruckend. Tut mir wirklich leid, dass ich vorher so skeptisch war, Marie.«

»Ich war auch alles andere als begeistert, dass du uns zur Tanzschulaufführung von *Schwanensee* mitschleppst«, schaltete sich Franzi ein. »Aber ich muss zugeben: Das war toll. Und dann auch noch diese herzzerreißende Geschichte … Ich hab immer gedacht, Ballett ist nur so ein langweiliges Herumgehüpfe auf den Zehenspitzen.«

»Aua«, meinte Marie und lachte. »Hüpfen lässt man besser. Das *Stehen* auf den Zehenspitzen ist schon anstrengend genug.« Sie schlüpfte aus ihren silbernen flachen Schuhen und wackelte mit den Zehen, die mit dicken Pflastern umwickelt waren. »Fragt mal meine Füße: fiese Blasen an den unmöglichsten Stellen. Ich hab sogar Blasen an den Blasen.«

Kim stöhnte auf. »Okay, ich nehme alles zurück. Ballett ist zwar cool, aber eindeutig Selbstquälerei. Wie hältst du das nur aus, Marie?«

»Du hast recht. Ich finde auch, dass es eine richtige Zumutung ist, zu diesem wunderbaren Cocktailkleid keine hohen Schuhe tragen zu können, sondern diese Flachtreter. Das macht das ganze Outfit kaputt!«, schimpfte Marie.

»Quatsch!« Franzi rollte mit den Augen. »Du siehst mal wieder perfekt aus. Und wenn man zu einer Ballettaufführung keine Ballerinas tragen darf, dann weiß ich auch nicht …«

Marie grinste. So konnte man die Sache natürlich auch sehen. Ihre flachen Schuhe waren somit keine Modesünde, sondern Absicht. Sie nickte zufrieden.

Außerdem passten die Glitzerballerinas farblich wirklich sehr gut zu dem rosafarbenen Seidenkleid und dem schimmernden Lipgloss. Die kleine silberne Tasche und die zierliche silberne Halskette, die sie vor Kurzem von ihrem Vater bekommen hatte, rundeten das Outfit ab. Es gab also keinen Grund, sich Sorgen zu machen.

»Das nächste Mal fragst du einfach gleich mich um Rat«, meinte Franzi. »Stylemäßig bin ich top ausgebildet – ich war bei meiner Detektivkollegin in der Lehre.«

Marie knuffte Franzi in die Seite. »Dass man zu Freundinnen nicht so frech ist, hat sie dir aber nicht beigebracht. So, und jetzt los. Wir sind noch auf die After-Show-Party eingeladen. Ich brenne darauf, euch den Star des Abends persönlich vorzustellen!«

Die drei !!! gingen die breite Marmortreppe in die Halle hinunter. An den in einem zarten Lila gestrichenen Wänden hingen Kristalllampen, die feierlich funkelten. Einige Zuschauer standen noch mit einem Glas Sekt an den Stehtischen, die mit weißen Tischtüchern gedeckt waren. Doch die meisten befanden sich bereits draußen auf dem runden Vorplatz des Theaters – dort war die Julihitze eindeutig besser zu ertragen.

Kim deutete auf eine Kutsche, die wie ein Schwan dekoriert war.

Ein Pärchen saß gerade darin, küsste sich und ließ sich fotografieren.

»Stand dieses Kitschmonster für Verliebte vorhin auch schon da?«, fragte Kim genervt. »Hat denn niemand die *Schwanen-*

see-Geschichte verstanden? Odette und Siegfried sterben! Das heißt: Verliebtsein ist absolut lebensgefährlich!«

Marie tätschelte Kim beruhigend am Arm. »Ich weiß, die Liebe ist im Moment nicht gerade unser Lieblingsthema. Aber wir dürfen die Hoffnung nicht aufgeben. Irgendwann sitzen wir mit einer neuen großen Liebe in so einem Schwan und sind glücklich, versprochen.«

»Ich sitze gerne mit einer großen Liebe irgendwo rum, aber bestimmt nicht in so einem Kitschding«, knurrte Kim.

Marie hatte Mitleid mit Kim. Vor einiger Zeit hatte sich ihr Freund Michi von ihr getrennt. Es hatte lange gedauert, bis der schlimmste Liebeskummer nachgelassen hatte. In letzter Zeit war es ihr allerdings besser gegangen, vor allem dann, wenn sie als Detektivteam mal wieder einen Fall zu lösen gehabt hatten. Seit Kurzem waren sie sogar wieder »offiziell« Freunde. Aber Freunde sein nach einer so langen Beziehung? Das war eben nicht gerade einfach. Da hatte sie es schon leichter. Sie konnte wenigstens so richtig sauer auf Holger sein, weil er sich in ein anderes Mädchen verliebt hatte. Marie und er hatten daraufhin eine Beziehungspause vereinbart. Am Anfang hatte es unglaublich wehgetan. Aber die Wut hatte geholfen, den Schmerz zu überdecken. Und die Ablenkung durch die Detektivarbeit und ihre vielen Hobbys. Denn wenn sie ganz ehrlich war, nagte der Holger-Liebeskummer noch sehr an ihrem Herzen.

»Wie cool ist das denn?«, rief Franzi in diesem Augenblick und lief auf eine mannshohe Plastik zu. »Das muss ich mir genauer ansehen!« Marie blickte auf. Neben der Garderobe

stand noch ein Schwan. Allerdings ein Schwan der ganz anderen Sorte.
»Das nenn ich sinnvolles Recycling«, schwärmte Franzi. »Dieser Schwan besteht aus lauter leeren WC-Schwan-Plastikflaschen. Wie witzig!«
Marie folgte Franzi zu der Skulptur. Für moderne Kunst konnte sie sich auch begeistern. Und tatsächlich: Die leeren Kloreinigerflaschen mit dem bekannten geschwungenen Hals waren so kunstvoll ineinander verschlungen, dass sie einen großen schönen Schwan bildeten. »Puh, wie lange der Künstler da wohl sammeln musste?«, fragte Marie.
»Genau drei Jahre!« Anna Semova kam freudestrahlend auf Marie zu. Die Tochter ihrer Tanzlehrerin hatte sich bereits umgezogen und trug ihre langen roten Haare nun offen. »Allerdings musste ich alle meine Freunde und Bekannten auch bitten, ihre leeren Reinigerflaschen für mich aufzuheben.«
»Du?«, stammelte Marie ungläubig. »Du hast den Schwan gemacht?«
Anna nickte. »Skulpturen zu bauen ist mein Ausgleich zum Tanzen. Gefällt er dir?«
»Und ob!«, antwortete Marie. »Der ist super geworden.«
»Du hast echt Talent. Fürs Ballett und für die Kunst«, pflichtete Kim Marie bei. »Ich bin übrigens Kim.«
»Ach, das freut mich aber, euch kennenzulernen. Ihr seid also die berühmten drei !!!. Marie hat mir schon viel von euch erzählt.« Anna musterte Franzi. »Und dann bist du Franzi, richtig?«
Franzi nickte strahlend und reichte Anna die Hand.

Anna wandte sich lächelnd an Marie. »Nun weißt du also auch von *meinem* Zweitjob.«

Kim legte den Kopf schief und runzelte die Stirn. »Moment mal. Nur dass das klar ist: Detektivin ist Maries erster Job und Tanzen nur der zweite.«

»Hoppla«, sagte Anna betreten. »So hab ich das doch gar nicht gemeint. Also, wie auch immer, Marie macht offensichtlich beide Jobs sehr gut. Ich hole euch mal etwas zu trinken, ja?« Sie steuerte auf die kleine Bar zu.

»Musste das jetzt sein?«, zischte Marie und warf wütend ihre langen blonden Haare nach hinten. »Du weißt doch genau, dass ich mit Leib und Seele Detektivin bin und dass mir das Detektivteam superwichtig ist. Das sollte nach fast siebzig gelösten Fällen doch langsam klar sein.«

Kim senkte den Blick. »'tschuldigung. Manchmal hab ich Angst, dass der Detektivclub bei deinen ganzen Hobbys zu kurz kommt. Sei nicht sauer.«

»Entschuldigung angenommen«, sagte Marie versöhnt. »Kommt, ich stelle euch Lara und Bodo vor!«

Marie zog Kim und Franzi zu einem der Bistrotische, um den sich bereits eine Traube von Menschen versammelt hatte.

Als Lara Marie sah, löste sie sich von den anderen und kam mit ausgebreiteten Armen auf sie zu. »Da ist ja noch so ein kleines Schwänchen! Wie hat es dir gefallen, meine Liebe?«

»Lara, du warst wirklich umwerfend«, sagte Marie und küsste die zierliche Ballerina rechts und links auf die Wange. »Ich bin überzeugt davon, dass man die Rolle der Odette nicht besser tanzen kann!«

»Oh doch, mein Kind, man kann!«, sagte Lara lächelnd. Sie hatte die schwarzen langen Haare immer noch zu einem strengen Dutt frisiert, trug aber nun ein fließendes zartgelbes Chiffonkleid. »Du wirst sehen, wenn Anna aus Russland zurück ist, tanzt sie mich an die Wand!«
Anna kam mit einem Tablett, auf dem vier Cocktailgläser mit einer blauen Flüssigkeit darin standen, zu ihnen. Aus den Gläsern ragte eine weiße flauschige Feder, die lustig wippte.
»Mamutschka, du übertreibst mal wieder maßlos«, sagte Anna. Sie pustete sich den langen Pony aus den Augen und stellte das Tablett ab. Dann überreichte sie den drei !!! jeweils ein Glas und nahm selbst eines in die Hand. »Keine Sorge. Im *Swan Lake* ist kein Alkohol. Prost!«
Marie nippte. Was in aller Welt war das denn für ein Zeug? Das schmeckte wie Kaugummi! Bäh. Verstohlen blickte sie Kim und Franzi an. Doch die schienen das Getränk zu mögen. Franzi hatte ihren Cocktail sogar schon halb leer.
Als Marie Franzi ohne Worte zu verstehen geben wollte, dass die sich des Inhalts ihres Glases unbedingt annehmen musste, knallte jemand seine Hand auf ihre rechte Schulter. Ihr Cocktail schwappte auf ihr rosafarbenes Seidenkleid. Mist! Nun war sie den Cocktail zwar los, aber dafür war ihr Kleid ruiniert. Sie drehte sich um. Hinter ihr stand Bodo B. Boost. Warum war der Modern-Dance-Lehrer aus dem Ballettstudio überhaupt hier? Immer, wenn sie Unterricht bei ihm genommen hatte, wetterte er gegen das klassische Ballett. Und nun feierte er zusammen mit Lara die Tanzschul-Premiere von *Schwanensee*? Merkwürdig. Marie wusste nie so recht, ob sie Bodo nun leiden konnte oder nicht. Klar, er war ein guter

Tänzer, aber seit er bei *Dance along*, einer Tanz-Castingshow im Regionalfernsehen, als Juror aufgetreten war, war sein Selbstbewusstsein größer als er selbst. Bodo grinste breit. Offensichtlich hatte er gar nicht bemerkt, dass Marie sich seinetwegen bekleckert hatte. Er strich sich über den Sixpack am Bauch. Moment mal. Warum konnte man den denn so gut sehen? Ach du meine Güte, Bodo trug nur ein hauchdünnes Trainingsshirt! Offensichtlich wusste Bodo weder, wie man sich für eine Theaterpremiere kleidete, noch, wie man sich bei einer benahm.
»Hallo, Marie. Die Aufführung war mega, oder? Kann gut sein, dass du mich bald auch mal im Unterricht der Semova siehst. Oder bei Oleg. Aber ich weiß gar nicht, ob der auch Stunden gibt«, meinte Bodo.
Marie überlegte, ob er das ironisch gemeint hatte. Aber Bodos Gesicht blieb ganz ernst. Und Oleg? Wer war Oleg?
Ein Mann um die vierzig kam auf Bodo zu. Offensichtlich hatte er Bodos letzten Satz mitbekommen. »Oh nein«, sagte er. »Ich bin nur zu Besuch bei Lara. Nicht, um zu arbeiten. Tut mir leid.«
»Das ist echt schade, Oleg«, meinte Bodo. »Ein Star des klassischen Balletts unterrichtet einen Star des Modern Dance. Wär das nicht was fürs Fernsehen?«
Oleg lächelte höflich, aber schüttelte den Kopf. »Nein, nein. Tut mir leid, aber das ist nicht meine Welt. Ich mache mir noch eine schöne Woche hier mit meiner alten Freundin und dann werde ich ihre Tochter mit nach Russland an mein Theater nehmen. Ich habe Anna eine Choreografie direkt auf den Leib geschneidert.«

»Ah, ich hab's!«, erklärte Marie im Flüsterton. »Jetzt erkenne ich ihn auch wieder. Oleg ist Laras früherer Tanzpartner. Sie hat ein paar Bühnen-Fotos von ihren Auftritten in der Garderobe hängen. Nur ist er da zwanzig Jahre jünger.«
»Kindchen«, rief Lara Semova in diesem Augenblick entrüstet. »Dein wunderschönes Kleid hat einen fürchterlichen blauen Fleck. Unmöglich sieht das aus. Komm mit in meine Umkleide, da kannst du versuchen, die Schweinerei rauszuwaschen.«

Spieglein, Spieglein an der Wand

»Komm, komm. Bestimmt weiß Pamina, was man in so einem Fall macht. Sie ist Fleck-weg-Meisterin. Ich vertraue ihr die empfindlichsten Kostüme an.« Lara hakte Marie unter und zog sie mit sich. »Außerdem trifft sich das gut. Vielleicht kann Pamina dann gleich dein Schwänchen-Tutu abstecken.«

Marie wollte zwar viel lieber bei der kleinen Feier und bei Franzi und Kim bleiben, aber sie wollte gleichzeitig auch Lara nicht verärgern. Und vielleicht bekam Pamina, die Assistentin von Lara, ja tatsächlich den doofen Fleck aus ihrem neuen Kleid? Also ging sie folgsam mit.

Durch eine schwere Eisentür gelangten sie hinter die Bühne. Von einem langen Flur gingen die Türen zu den Künstlergarderoben ab. An der dritten klebte ein Zettel mit der Aufschrift: Lara Semova.

Lara öffnete die Tür und rief: »Pamina?« Niemand antwortete. Es war dunkel.

Marie drückte auf den Lichtschalter und im gleichen Augenblick begann Lara hysterisch zu schreien.

Und zwar direkt neben Maries Ohr. Marie erschrak so sehr, dass sie erst einmal gar nicht klar denken, geschweige denn die Ursache für Laras Kreischattacke ausmachen konnte.

Reflexartig setzte sie die Primaballerina auf das rote Plüschsofa, das mitten im Raum stand. Sofort hörte Lara auf zu schreien, stattdessen begann sie leise zu schluchzen. Das war Marie fast lieber. Sie sah sich um.

Auf dem großen Spiegel stand mit Lippenstift geschrieben: NUN BIST DU DRAN! Das »DU« war dabei fett und rot unterstrichen.

Auf dem Schminktisch lagen bunte Holzsplitter neben der Make-up-Dose und den falschen Wimpern. Marie ging näher heran. Inmitten der Splitter lag ein hölzerner runder Puppenkopf. So etwas hatte sie doch schon mal gesehen. Genau! Das war der Kopf einer russischen Matrjoschka. Einer Puppe aus Holz, die man in der Mitte öffnen konnte. Darin lag dann stets eine kleinere Ausgabe der gleichen Puppe, bis ganz zum Schluss die kleinste Holzpuppe zum Vorschein kam, die man nicht mehr öffnen konnte. Ihre Mama hatte so eine besessen. Doch warum hatte jemand die äußerste Hülle einer solchen Puppe zerschlagen und auf Laras Schminktisch gelegt? Und was hatte die Drohung auf dem Spiegel zu bedeuten?

Noch bevor Marie Lara fragen konnte, ob sie wusste, was hier vor sich ging, rannten Kim und Franzi in die Garderobe. Pamina, die sich wegen ihres steifen Beins auf einen Stock stützen musste, kam ebenfalls herbeigeeilt.

»Was ist passiert?« »Können wir helfen?« »Ich war doch nur kurz auf dem Klo!«, riefen die drei durcheinander.

Lara legte die Hand an die Stirn und sackte zusammen.

»Oh mein Gott, sie ist ohnmächtig!« Pamina riss eine dicke Federboa vom Garderobenständer und wedelte Lara damit vor der Nase herum.

Marie kramte in ihrer silbernen Handtasche und zog eine grüne, schmale Phiole heraus. »Frau Fletscher, lassen Sie mich mal«, sagte sie ruhig und hielt Lara das geöffnete Fläschchen unter die Nase.

Die Ballerina kräuselte ihre Nase und richtete sich auf. Etwas benommen klemmte sie eine lose Strähne in ihren strengen Dutt zurück. Sie schnupperte und zog dann Maries Hand mit dem Parfüm noch einmal zu sich. »Was ist das? Das riecht wunderbar!«

»Das Parfüm habe ich selbst zusammengestellt«, erklärte Marie stolz. »Wir haben neulich einen Fall in einer Parfümerie gelöst. Und seitdem haben Kim, Franzi und ich jeweils einen ganz individuellen Duft.«

Lara sah Marie erstaunt an. »Fall? Was meinst du damit?«

»Ich meine damit, dass Kim, Franzi«, sie zeigte auf ihre beiden Freundinnen, »und ich ein erfolgreiches Detektivteam sind, das schon viele Fälle gelöst hat.« Sie öffnete erneut die kleine Silbertasche, zog eine Visitenkarte heraus und gab sie Lara.

»*Die drei !!!*«, las Lara vor. »Ja, aber wenn ihr Detektivinnen seid, dann könnt ihr vielleicht herausfinden, wer mir das hier angetan hat?«, überlegte sie.

»Mach dich doch nicht lächerlich«, fuhr Pamina Fletscher dazwischen. »Wie sollen dir drei Mädchen, die ein bisschen Detektiv spielen, helfen können? Du wirst sehen, die Sache klärt sich bestimmt ganz von allein auf.«
Lara funkelte Pamina wütend an. »Würdest du das bitte mir überlassen? Ich wünsche mir, dass die drei !!! sich der Sache annehmen. Ich habe Angst. Und die Polizei kann ich schlecht einschalten. Bei so einer Kleinigkeit würde die mich doch sicher auslachen.«
»Was ist denn eigentlich genau passiert?«, fragte Kim. Sie mochte undurchschaubare Situationen nicht und versuchte stets einen kühlen Kopf zu bewahren und Fakten zu sammeln.
Marie zeigte ihr die zertrümmerte Holzpuppe. »Und die Drohung, die am Spiegel steht, ist auch nicht ohne«, sagte sie.
»Wurde irgendwas gestohlen?«, fragte Franzi. »Haben Sie wertvollen Schmuck in der Garderobe oder so etwas?«
Lara sah sich eine Weile um. »Nein«, sagte sie. »Es fehlt nichts.«
»Können Sie sich erklären, was mit der Drohung am Spiegel gemeint sein könnte?«, fragte Kim. »Haben Sie Feinde?«
Lara schüttelte den Kopf. »Ich kann mir überhaupt keinen Reim auf die Sache machen. Alle waren glücklich, dass die Premiere ein so großer Erfolg war. Und jetzt das!« Sie begann wieder zu schluchzen, stand auf und ging zum Schminktisch. Traurig nahm sie den Kopf der Matrjoschka und strich darüber. »Diese Puppe ist mein Glücksbringer. Besser gesagt, sie war es. Mein Vater hat sie mir geschenkt, als ich die Ausbildung zur Tänzerin abgeschlossen hatte. Sie hat keinen

besonderen Wert. Außer für mich, weil sie mich an meinen verstorbenen Vater erinnert ...« Lara legte die Holzsplitter fein säuberlich aufeinander.

Genau wie bei mir, fuhr es Marie durch den Kopf. Ich wäre auch todtraurig, wenn jemand meine Matrjoschka mutwillig kaputt machte. Sie hing an ihr, weil sie das Gefühl hatte, wenn sie sie in der Hand hielt, ihrer Mutter für einen Augenblick wieder ganz nahe sein zu können.

Kim trat zu Lara. »Mein Vater ist geschickt mit Holzarbeiten. Er baut Kuckucksuhren. Geben Sie mir die Teile mit, bestimmt kann er sie wieder zusammenleimen! Allerdings kann es etwas dauern. Seine Uhren werden immer beliebter und ich weiß nicht, wann er sich darum kümmern kann.«

»Zeit spielt keine Rolle.« Lara sah Kim dankbar an. »Ich würde mich sehr freuen, wenn du ihn fragen könntest.«

Kim sammelte die Reste der Holzpuppe ein und legte sie vorsichtig in eine Plastiktüte mit Zip-Verschluss, die sie immer für eventuelle Beweisstücke mit sich trug. Dann holte sie ihren Notizblock aus der Tasche und fragte: »Frau Semova. Haben Sie heute oder in letzter Zeit irgendetwas Ungewöhnliches bemerkt? Haben Sie Neider? Oder Schulden?«

Lara zuckte mit den Schultern und ließ sich mutlos auf den Schminksessel sinken.

»Nein, wirklich nicht. Eine erfolgreiche Ballerina muss zwar immer auf der Hut vor der Konkurrenz sein. Denn es gibt häufig Ärger mit den anderen Tänzerinnen, die nicht die Hauptrollen tanzen. Aber ich bin seit fünf Jahren nicht mehr im Theaterensemble und seitdem Lehrerin an der Tanzschule. Wer hätte etwas davon, mir zu schaden?«

Pamina, die sich mittlerweile anscheinend damit abgefunden hatte, dass die drei !!! den Fall übernommen hatten, schaltete sich ein: »Ich bin seit fünfzehn Jahren die engste Vertraute von Lara«, sagte sie. »Ich bin ihre Assistentin, ihre Freundin und die Patin von Anna. Glaubt mir, ich hätte es mitbekommen, wenn sich in Laras Umfeld irgendetwas Ungewöhnliches getan hätte. Da ist nichts. Nichts, was euch irgendwie weiterhilft.«

Angst im Studio

Detektivtagebuch von Kim Jülich
Samstag, 23:41 Uhr
Obwohl es schon fast Mitternacht ist, bin ich noch hellwach. Also kann ich genauso gut am Computer sitzen und aufschreiben, was gerade Unglaubliches passiert ist.
Da geht man nichts ahnend ins Theater, um Marie einen Gefallen zu tun, und dann das: Erstens fand ich das Ballett einfach nur genial (und das ist wirklich *unglaublich, weil ich nämlich dachte, dass ich es todlangweilig finden würde) und zweitens haben wir einen neuen Fall! Sozusagen als Zugabe zu dem coolen Abend.*
Es geht um Maries Ballettlehrerin, Lara Semova. (Für die war der Abend dann zugegebenermaßen irgendwann nicht mehr so cool.) Jemand hat mit einem Lippenstift eine Drohung auf ihren Schminkspiegel geschrieben und ihren Glücksbringer kaputt geschlagen, eine russische Matrjoschka. Eine Puppe, die in sich drin immer noch kleinere Puppen hat. Zertrümmert hat der Täter aber nur die äußerste Hülle. Was bedeutet das? Dass er vorhat, noch weitere Anschläge zu verüben? Wie viele Puppen stecken da eigentlich ineinander? (Darf ich nicht vergessen morgen im Netz zu recherchieren!!!)
Außerdem ist eine Sache ja offensichtlich: Der Täter will Angst und Schrecken verbreiten und er muss davon gewusst haben, dass die Matrjoschka Lara sehr wichtig ist. (Sie ist eine Erinnerung an ihren Vater.) Daraus schließe ich, dass der Täter Lara ziemlich gut kennt. Aber wer in Laras Umfeld will, dass sie

Angst bekommt? Hätte jemand etwas davon, wenn sie sich vor lauter Panik nicht mehr auf die Bühne traut?
Allerdings beteuert Lara glaubhaft, dass sie überhaupt keine Idee hat, wer ihr schaden will. Wir haben also keine richtige Spur, außer der Tatsache, dass der Täter einiges über Lara weiß. Hmm. Irgendwie unbefriedigend. Ich werde jetzt einfach mal alle, die ich heute kennengelernt habe, auf die Verdächtigenliste schreiben: Anna, Pamina, Bodo B. Boost (der sieht in echt nicht so gut aus wie im Fernsehen, leider!). Habe ich noch jemanden vergessen? Ach ja! Oleg Timonov, Laras früheren Tanzpartner.
Mehr kann ich heute nicht tun. Morgen werde ich mögliche Fingerabrücke auf den Holzsplittern sichern und wir müssen morgen beim Clubtreffen unbedingt über das Motiv diskutieren. Vielleicht hat Marie eine Idee? Immerhin kennt sie Lara und Anna ja schon seit einiger Zeit.

<u>*Geheimes Tagebuch von Kim Jülich*</u>
<u>*Sonntag, 00:03*</u>
Es ist Geisterstunde! Und ich habe heute Tote gesehen! Odette und Siegfried. Also kommt nicht näher, Ben und Lukas! Sonst werdet ihr auf ewig von einem fliegenden Schwanenskelett heimgesucht.
Es ist komisch. Wir haben einen neuen spannenden Fall und ich freue mich irgendwie nur zur Hälfte ... Oder vielleicht zu zwei Dritteln ... Denn so ein Fall kostet ja auch immer viel Zeit. Und die wollte ich eigentlich anders nutzen: Nämlich für einen unsagbar guten, wahnsinnig spannenden, unwiderstehlichen

Anfang für meinen Krimi. Ich überlege schon seit einer Woche, ob ich mit dem ersten Satz ein bisschen Verwirrung stiften will oder lieber schockieren. Ich würde gerne Sebastian fragen, was er als Schreibworkshopleiter von den verschiedenen Möglichkeiten hält, aber das geht nicht. Denn ich will ihn ja mit meinem Wahnsinnstext beeindrucken. Sebastian ist nämlich total süß. Er hat so niedliche Grübchen, wenn er vorliest. Und so eine tolle Stimme. Er ist Journalist, aber er hat das gleiche Hobby wie ich. Er schreibt in seiner Freizeit Kriminalromane. Und er hat sie mir gegeben, obwohl sie überhaupt nicht für die Öffentlichkeit bestimmt sind. Ich habe beide in nur einer(!) *Nacht gelesen.* Blutrote Gier *hat mir zwar ein bisschen besser gefallen (ich hab sofort geahnt, dass der Kommissar in Wirklichkeit ein Vampir ist) als* Neidgelber Hass, *aber die Idee, die Geschichte in einem Bienenvolk spielen zu lassen, fand ich trotzdem irre gut. Hach, wenn ich ihn mit meinem Krimi auch so beeindrucken könnte …*
Das Beste ist: Ich vergleiche Sebastian überhaupt nicht mit Michi. Ob ich wohl endgültig und für immer und ewig über Michi weg bin?
Sebastian und ich haben zumindest schon mal eine ganz wichtige Gemeinsamkeit: das Schreiben. Oh, ich stell mir gerade vor, wie wir als Autorenduo durch die Lande reisen. Und Plakate mit der Schlagzeile: Kim Jülich und Sebastian Husmeier. Auch zwischen den Zeilen ein wundervolles Paar!
Okay, okay, jetzt ist gerade meine Fantasie mit mir davongaloppiert, ich bin schon wieder vor Ort.
Hoppla. Ich muss kurz unterbrechen – es klopft an meine Tür. Es klopft? Nach Mitternacht? Bestimmt macht Mama sich Sorgen, warum das Licht noch an ist …

... Ich kann es nicht glauben. Lukas stand vor der Tür. Total verheult. Und hat gefragt, ob er mit mir reden könne, weil er nicht schlafen kann. Ich hab sofort den Rechner zugeklappt, weil ich vermutet habe, dass das nur ein Trick ist, um an mein Tagebuch zu kommen. Aber Pustekuchen! Lukas wollte nicht spionieren. Er hat sich in meinen Trost- und Kuschelsessel geschmissen und dann sind ihm die Tränen übers Gesicht gelaufen. Und er hat mich gefragt, was er jetzt machen soll. Mich! Seine große Schwester!! Es sei nämlich etwas ganz Schreckliches passiert: Ben wurde von einem Fußball-Talentscout beobachtet und Lukas nicht. Und dieser Talentscout hat sich schon mit dem Trainer der Zwillinge und mit Mama in Verbindung gesetzt, dass Ben eine gesonderte Förderung erhalten soll. Und nun ist Lukas natürlich total sauer und traurig, dass er nicht ausgewählt wurde. Und er denkt nun, dass er nicht gut Fußball spielen kann. Außerdem ist Ben voll fies. Er reibt Lukas ständig seinen Erfolg unter die Nase. Typisch. Lukas kann zwar auch eine echte Nervensäge sein, aber Ben ist manchmal noch eine Spur gemeiner.

Lukas hat mir fast leidgetan, wie er wie ein Häufchen Elend auf meinem Sessel saß. Und da hab ich ihm gesagt, dass er Ben einfach ignorieren soll. Dann hört der nämlich ganz von alleine auf – das weiß ich aus Erfahrung. Und dass ein Hobby Spaß machen soll und es nicht darauf ankommt, supergroßen Erfolg zu haben. Lukas ist dann mit hängendem Kopf wieder in sein Zimmer geschlappt. Ob ich ihm ein wenig helfen konnte?

Komisch dabei ist: Es ist gar kein so schlechtes Gefühl, mal große Schwester spielen zu können ...

Die Garderobe des Tanzstudios war leer. Gut so, dachte Marie, gähnte und knotete sich die Bänder ihres Spitzenschuhs ums Bein. Dann würde wenigstens niemand bei der Probe zusehen. Der Tanz der kleinen Schwänchen war nämlich ganz schön schwer. Die vier Tänzerinnen hielten sich dabei über Kreuz an den Händen und alle Sprünge und Schritte mussten genau gleich sein. Heute wollte sie allein mit Anna üben – dafür war der Sonntagvormittag perfekt. Allerdings hatte sie, als sie letzte Woche mit Anna den Termin vereinbart hatte, nicht geahnt, dass sie am Abend vorher *so* spät ins Bett kommen würde. Und danach ewig nicht würde einschlafen können, weil sie sich Sorgen um Lara machte.

»He, Marie, du bist ja schon da!«, rief Anna aus dem Tanzsaal. »Ich seh dich im Spiegel.«

Marie wickelte sich einen rosafarbenen dünnen Rock um die Hüfte und ging zu Anna.

Die saß gerade im Spagat und wurstelte mit den Händen ihre hüftlangen roten Haare zu einem Zopf. »Na, ausgeschlafen?«

Marie verneinte. »Am liebsten würde ich meinen Kopf wieder unter den Schwanenflügel stecken«, sagte sie und grinste.

»Ich bin auch noch ganz schön fertig von gestern«, gestand Anna. »Erst die Premiere und dann die Sache mit meiner Mutter – gruselig. Wärm dich doch schon auf, ich sehe mal, wo Lara bleibt.«

Marie nickte und ging zur Stange, die vor dem großen Wandspiegel angebracht war. Dann begann sie mit einer Reihe von Kniebeugen, den sogenannten Pliés.

»Marie, die Hände! Pass auf die Hände auf. Schön fließend und in einer Linie – ja, sehr gut«, verbesserte Lara Marie, kaum dass sie den Tanzsaal betreten hatte.
»Die Arme und Hände sind enorm wichtig«, erklärte sie weiter. »Für den Ausdruck und für die Grazie.«
Marie war erleichtert. So kannte sie Lara. Streng, aber freundlich. Anscheinend hatte sie den Schreck von gestern Abend gut verkraftet.
Lara nahm sich einen Klappstuhl und setzte sich in die Ecke. Dann drückte sie auf den Knopf der Fernbedienung und Tschaikowskys Schwanenseemusik ertönte.
Di Di Di Di Didi Di Di Di … Marie liebte dieses Stück. Ihr ganzer Körper begann zu kribbeln und sie wollte nur noch eins: tanzen. Sie nahm Anna an die Hand und folgte der Musik. Obwohl sie so müde war, fühlte sie sich plötzlich ganz leicht. Beinahe schwerelos.
Lara unterbrach den Tanz kein einziges Mal. »Bravo«, rief sie, als die Musik zu Ende war. »Großartig, Marie! Du hast überhaupt keinen Fehler gemacht!«
Marie lächelte stolz. Ja, das hatte heute wirklich gut geklappt.
»Können wir noch einen Durchgang machen?«, bat sie. »Nur so zur Sicherheit?«
»Wir machen noch zwei«, antwortete Lara. »Nur so zur Sicher … – ahhhhh!«
Es blitzte.
Lara schrie.
Dann krachte etwas genau über ihr von der Decke und zersplitterte auf dem Parkett. Lara hielt sich schützend die Hände über den Kopf und kauerte sich auf den Boden.

Anna krallte sich an Marie fest und keuchte: »Das war die Spiegelkugel!« Dann riss sie sich los und stürzte zu ihrer Mutter. »Mamutschka!«, rief sie. »Bist du verletzt?«

Lara rappelte sich auf und wischte ein wenig Staub von ihrer Strumpfhose. »Nein, ich glaube nicht«, sagte sie leise und sah sich um. »Was ist passiert?«

»Die Spiegelkugel ist von der Decke gefallen.« Anna strich ihrer Mutter tröstend über die Haare. »Bestimmt war sie locker.«

Marie hob die halb zerbrochene Kugel auf. Am oberen Ende hing der kleine Motor schlaff herunter. Doch auf dem Boden lagen nicht nur die Spiegelscherben. Sondern auch bunt bemalte Holzsplitter.

»Die Kugel ist nicht aus Altersschwäche heruntergefallen«, sagte Marie ernst. »Jemand hat sie manipuliert! Und dieser Jemand wollte auch, dass es jeder mitbekommt. An der Kugel war eine der Matrjoschka-Hüllen befestigt. Sie liegt nun auch kaputt auf dem Boden.«

Lara heulte auf und griff sich mit beiden Händen in die Haare. Der Dutt löste sich und schwarze Strähnen hingen ihr zerzaust ins Gesicht. »Nicht mal mehr im eigenen Tanzstudio ist man sicher. Das halte ich nicht aus.«

Marie kniete sich neben sie und legte ihr beruhigend die Hand auf den Oberschenkel. »Ich weiß auch nicht, wer dir solche Angst einjagen will. Und warum. Aber ich verspreche, dass wir unser Bestes geben werden, um das herauszufinden.«

Lara sah Marie verzweifelt an. »Aber macht schnell, Kinder. Ich … ich fühle mich völlig hilflos.«

In diesem Augenblick öffnete sich die Schiebetür einen Spalt und Bodo steckte den Kopf herein. »Du blockierst für drei Tänzer den großen Saal, Lara. Ich könnte ausrasten«, wetterte er los. »Du weißt genau, dass ich für meine Hip-Hop-Klasse mehr Platz brauche. Schließlich sind wir 28 Leute und …« Verdutzt blickte er auf das Chaos am Boden. Dann brach er in schallendes Gelächter aus. »Uahaha, nun, seit gestern weiß ich, dass klassisches Ballett auch mal richtig stürmisch sein kann. Aber dass ihr so heftig trampelt, dass gleich die Spiegelkugel von der Decke fällt … Tja, man lernt nie aus!«

»Komm, spiel hier nicht den großen Macker!«, sagte Anna wütend. »Du weißt genau, dass wir den Raum für die Schwänchenprobe reserviert haben. Seit wann gibst du denn sonntags auch Stunden? Das war nie so vereinbart.« Sie stürmte auf ihn zu und versuchte, ihn aus der Tür zu schubsen. Doch Bodo bewegte sich keinen Millimeter. Im Gegenteil. Er hob Anna hoch und stellte sie vorsichtig neben sich.

»Hab dich bloß nicht so. Wenn wir hier zusammenarbeiten wollen, müssen alle ein bisschen flexibel sein. In fünf Minuten kommen meine Tänzer und dann brauch ich den großen Saal. Das ist alles. Und wenn ihr drei weitertrainieren wollt, dann geht woandershin.«

Anna stampfte wütend mit dem Fuß auf. »Du bist dermaßen unsensibel! Meinst du, wir tanzen hier fröhlich weiter, nachdem Lara fast die Kugel auf den Kopf gefallen wäre? Aber mach doch, was du willst. Wir sind fertig. Du kannst den Saal haben. Allerdings brauchst du erst einmal Schaufel und

Besen, sonst tritt sich einer deiner vielen Tänzer einen Splitter in den Zeh. Komm, Mamutschka, komm, Marie.«
Lara hielt sich die Hände an die Schläfen und wankte in die Garderobe. »Das ist mir alles zu viel. Ich gehe jetzt nach Hause«, sagte sie.
Marie runzelte die Stirn. Die Situation eben war ganz schön seltsam gewesen. Hatten Lara und Bodo Streit? Bisher war ihr die Stimmung im Tanzstudio immer ganz harmonisch vorgekommen. Klar wusste sie, dass Bodo nicht der größte Fan des klassischen Balletts war, aber gerade hatte er sich richtig unverschämt verhalten.
Sie warf einen Blick zum Modern-Dance-Lehrer, der wütend Schaufel und Besen aus einem der Spiegelschränke riss und anfing, die Spiegelkugel-Schweinerei aufzukehren. Dann schloss sie die Tür zum Saal.

»Komm doch mal mit ins Büro«, bat Anna Marie, als Lara gegangen war. »Ich muss dir was zeigen.«
Marie zog sich schnell eine Trainingshose über und folgte Anna.
Im Büro des Tanzstudios war Marie noch nie gewesen und sie hatte das Gefühl, eine Welt zu betreten, die zwei Menschen bewohnten, die unterschiedlicher nicht sein konnten. Es hätte sie nicht gewundert, wenn auf dem Boden eine Trennlinie eingezeichnet gewesen wäre, die die beiden Hälften fein säuberlich voneinander abgrenzte. Die eine Seite – offensichtlich Bodos – bestand aus einem heillosen Durcheinander an Kartons mit Trainingsschuhen, leeren, kaputten CD-Hüllen, schmutzigen Klamotten und alten Flyern für

Tanzveranstaltungen. In der Mitte thronte ein Schreibtisch, der sich unter Bergen von fliegenden Blättern und zerstoßenen Ordnern bog.

Selbst Marie, deren Zimmer häufig wegen stetig wachsender Klamottenberge nicht zu betreten war, staunte, wie viele Ordner sich zu einem gefährlich schiefen Turm von Pisa aufeinanderstapeln ließen.

Doch auch an Laras Seite musste sie sich erst gewöhnen. Hier war zwar alles ordentlich und aufgeräumt, aber Marie wusste überhaupt nicht, wo sie zuerst hinsehen sollte. Die Wände waren über und über mit gerahmten Zeitungsausschnitten und billigen Kunstdrucken von Balletttänzerinnen zutapeziert. Auf den Regalbrettern standen hunderte kleiner Porzellantänzerinnen. Eine kitschiger als die andere. Und scheußlicher, wie Marie fand.

Anna zog die unterste Schreibtischschublade auf.

»Guck dir das mal an«, sagte sie und legte einen schon etwas verwelkten Strauß schwarzer Rosen auf den Tisch. »Habe ich heute Morgen auf dem Fußabstreifer des Tanzstudios gefunden. Und es war noch ein Zettel daran: Für Lara. Das ist doch total unheimlich, oder? Ich hab den Strauß gleich weggeräumt, bevor Mama ihn gesehen hat. Ich habe Angst, Marie. Schwarze Rosen? Die stehen doch für den Tod, oder? Glaubst du etwa …?«

»Quatsch«, beschwichtigte Marie Anna, obwohl ihr, wenn sie ehrlich war, derselbe Gedanke durch den Kopf geschossen war. »Nein, nein, da spielt jemand ganz gezielt mit Laras Ängsten, glaube mir. Es war gut, dass du den Strauß versteckt hast, und richtig, dass du ihn mir gezeigt hast.«

Anna vergrub ihr Gesicht in den Händen. »Was mache ich denn jetzt nur? Übernächste Woche wollte ich mit Oleg nach Russland. Aber ich kann meine Mutter doch in diesem Zustand nicht alleine lassen.«

»Sie ist nicht alleine«, sagte Marie und strich Anna über die langen roten Haare. »Kim, Franzi und ich, wir helfen euch. Und ich verspreche dir, wir tun alles, um herauszufinden, wer deiner Mutter das antut!«

Anna hob den Kopf und nickte. »Das ist wirklich klasse von euch. Danke!«

Marie zog ihr Handy aus der Trainingshose. Mist! Kein Empfang.

»Ich gehe mal kurz nach draußen. Ich muss was nachschauen«, sagte Marie. »Sag mal, wie lange bist du denn heute im Studio?«

Anna zuckte mit den Schultern. »Ich will gleich mal kurz nach Hause, um zu sehen, wie es meiner Mamutschka geht. Aber dann komme ich wieder. Ich habe versprochen, die alten Kostüme auszumisten.«

»Sehr gut.« Marie grinste. Bestimmt hatten Kim und Franzi nichts dagegen, das Clubtreffen gleich am Tatort stattfinden zu lassen.

Marie trat aus dem Studio und bereute es sofort, die schwarze Trainingshose angelassen zu haben. Die Sonne stach mit einer Wucht vom Himmel, dass ihr ganz schwummrig wurde. Im Laufen krempelte sie die Hosenbeine, so hoch sie konnte, während sie ihre Augen auf das Display ihres Handys richtete. Weder Kim noch Franzi hatten in der Drei-!!!-Grup-

pe, die Kim vor Kurzem eingerichtet hatte, eine Nachricht hinterlassen. Doch Marie sah, dass beide gerade online waren. Gut. Dann würde es sicher nicht lange dauern, bis sie eine Antwort hatte. Sie steuerte die Bank unter den beiden Ahornbäumen an, die gegenüber dem Studio stand, und tippte die Frage an Kim und Franzi. Dann legte sie das Handy neben sich. Das Sitzen tat gut. Und das Holz der Bank hatte genau die richtige Temperatur, um ihre müden Muskeln zu entspannen. Sie streckte die Beine nach vorne und blickte in die Krone des Baumes. Es war völlig windstill. Kein Blatt bewegte sich. Für einen Augenblick traten Maries Gedanken in den Hintergrund. Es gab nur noch sie und den Ahornbaum … und ein rotes Herz, das auf das Pflaster der engen Käfergasse gemalt war, in die sie von der Bank aus gut hineinblicken konnte. Marie richtete sich auf. Das musste sie sich genauer ansehen. Vorhin war sie genau diese Straße entlanggefahren und da war das Herz noch nicht da gewesen!
Sie schnappte sich das Handy, das in diesem Augenblick zweimal laut brummte. Das konnte warten. Erst einmal musste sie sich dieses komische Herz ansehen. Hoffentlich kein neuer Anschlag auf Lara, hoffte Marie. Erst Blumen, dann Herzen, das passte einfach zu gut zusammen.
Sie lief los und wäre beinahe über einen besonders wurstförmigen Dackel gestolpert, der sein Frauchen an der Leine hinter sich herzog.
»Pass doch auf. Fast hättest du Madame Lili getreten«, rief die Dackel-Besitzerin Marie nach, doch die würdigte weder den Hund noch die Frau eines Blickes.
Noch ein paar Schritte und sie stand vor dem Herz. Es war

mit Kreide auf das Pflaster gemalt und es war riesengroß. Um das Herz herum waren weiße und grüne Rosenranken gemalt, auf denen Schwalben saßen. In der Mitte stand: Marie 4ever!
Marie blieb die Spucke weg. Das Herz war nicht für Lara. Das Herz war für sie!
Das war ja süß! Marie spürte, wie ihr ganzer Körper kribbelte. Doch wer machte so etwas? Hatte sie etwa einen heimlichen Verehrer? Der musste dann aber wirklich *sehr* heimlich sein, denn Marie konnte sich beim besten Willen nicht vorstellen, wer dieses Herz gemalt haben konnte. Seit sie mit Holger die Beziehungspause vereinbart hatte, hatte sie ihr Leben ganz bewusst jungsfrei gehalten. Und diesen Zustand sogar genossen. Konnte es sein, dass sie dabei übersehen hatte, dass sich jemand unsterblich in sie verliebt hatte …?
Sie fotografierte das Herz und schickte es mit einem dicken Fragezeichen an Franzi und Kim, die beide nichts dagegen hatten, zum Clubtreffen ins Tanzstudio zu kommen.
Gerade noch rechtzeitig, denn im nächsten Augenblick spazierten die Dackeldame und ihr Frauchen vorbei. Die Dackeldame bellte Marie an, wackelte ins Kreideherz und pinkelte los. Marie staunte. Die Schrift war durch das Dackelpipi verlaufen. Nun stand da nicht mehr *Marie 4ever*, sondern *Marie never*!

Rosenschnüffler

»Also ich kann mir schon vorstellen, wessen Herz du geraubt hast!« Kim grinste und besah sich abwechselnd das Kreideherz-Bild auf ihrem Handy und das zerstörte Herz auf der Straße. »Nämlich das des Hunde-Lovers dieser rachsüchtigen Dackeldame! *Marie never*, einfach genial!« Sie kicherte in sich hinein.

Marie fand die Vorstellung auch zum Schießen, aber das Lachen blieb ihr im Hals stecken. Es war ein komisches Gefühl, nicht zu wissen, wer das Herz gemalt hatte.

Franzi beruhigte sie: »Also für mich ist das sonnenklar. Schaltet doch mal eure Detektivinnenhirne ein. Erstens: Fast jeder Junge, der in Maries Nähe kommt, erliegt früher oder später ihrem unwiderstehlichen Charme. Und zweitens muss derjenige Marie so gut kennen, dass er weiß, dass sie immer den Schleichweg über die Käfergasse nimmt, wenn sie in die Tanzschule fährt. Wenn man das alles bedenkt, gibt es nur eine Lösung …!«

Marie und Kim sahen sie erwartungsvoll an: »Na?«

»Sami«, sagte Franzi zufrieden. »Euer Au-pair hat endlich angebissen. Ich habe mich sowieso schon gewundert, dass es so lange gedauert hat. Meine Theorie war, dass der liebe Sami ganz offensichtlich eine Brille braucht.«

Marie überlegte. War Sami in letzter Zeit irgendwie anders zu ihr gewesen? Sie hatte keinen Unterschied bemerkt. Bis vor Kurzem hatte Marie mit allen Flirttricks, die sie kannte, versucht, ihn auf sich aufmerksam zu machen. Doch Sami war völlig ungerührt geblieben. Wie ein tiefer finɪ Waldsee. Nicht dass sie in ihn verliebt gewesen wäre, war doch komisch, dass er sich so gar nicht für sie interessierte. Das war Marie noch nie passiert und auch Franzi und Kim hatten die Welt nicht mehr verstanden. Wenn das Herz nun tatsächlich von Sami stammte – dann wäre Franzis und Kims Weltbild zwar wieder in Ordnung, aber Marie war sich nicht sicher, ob sie das gut finden sollte. Sami und sie waren im Laufe der Zeit Freunde geworden. Und das sollte jetzt nicht plötzlich durcheinandergewirbelt werden.

»Quatsch«, sagte sie deshalb energischer als beabsichtigt. »Das passt überhaupt nicht zu Sami. Für so eine Aktion ist der doch viel zu zurückhaltend.«

»Aber er ist Finne«, gab Franzi zu bedenken. »Und die sind bekannt für ihre verrückten Einfälle.«

»Das stimmt.« Kim wuschelte sich durch die kurzen braunen Haare. »Wusstet ihr zum Beispiel, dass es dort jedes Jahr Weltmeisterschaften im Luftgitarrespielen gibt? Die stellen sich auf eine Bühne und *tun* so, als ob sie eine E-Gitarre vor sich hätten. Krass, oder?«

»Total krass«, pflichtete Franzi ihr bei.

»Dann wundert mich nichts mehr«, sagte Marie und grinste breit. »Ich glaube, Sami versucht, Finn für *genau* diese Weltmeisterschaften vorzubereiten. Erfolgreich, dem Krach nach, den die beiden veranstalten.« Dann wurde ihr Gesicht ernst. »Wir müssen den Fall *Kreideherz* vertagen. Es wird sich schon noch herausstellen, wer der verliebte Straßenkünstler ist. Aber ich habe euch aus einem ganz anderen Grund hierhergebeten. Es gab zwei neue Anschläge auf Lara.«

Kim und Franzi sahen einander erschrocken an.
»Was ist passiert?«, fragte Franzi.
Sie setzten sich auf die Bank beim Ahornbaum und Marie erzählte von der Spiegelkugel und den schwarzen Rosen. Und vom Streit zwischen Anna und Bodo. Franzis Gesicht wurde immer besorgter und Kims immer konzentrierter.
»Unglaublich«, sagte Kim, als Marie geendet hatte. »Da veranstaltet jemand richtigen Psychoterror. Und er hat vollen Erfolg damit.«

»Da ist Anna!« Marie winkte dem schlanken Mädchen zu, das gerade auf das Tanzstudio zulief.
Anna bemerkte die drei !!! und winkte zurück. »Gut, dass ihr da seid«, rief sie. »Kommt doch gleich mit rein.«
Das ließen sich Marie, Franzi und Kim nicht zweimal sagen. Schließlich war es wichtig, möglichst schnell am Tatort Spuren zu sichern. Und Marie hatte keinen Zweifel, dass Kim Bodo die richtigen Fragen stellen würde. Darin war sie einfach unschlagbar.
»Wie geht es Lara?«, fragte Marie.
»Nicht gut«, antwortete Anna und hielt den drei !!! die Tür auf. »Zum Glück kümmert sich Oleg rührend um sie. Er kocht ihr starken schwarzen Tee und macht ihr Borschtsch. Sie liebt diesen russischen Eintopf, keine Ahnung warum. Rote Bete und Kohl. Brr.« Sie schüttelte sich. »Aber sie hat Angst. Nicht nur um sich, sondern vor allem auch um mich. Ich durfte nur hierherkommen, weil ich ihr erzählt habe, dass ihr auch da seid. Und mich im Zweifelsfall vor dem bösen Täter beschützt!« Sie lächelte gequält.

»Ist doch klar, dass sie sich Sorgen macht«, meinte Marie und folgte Kim und Franzi hinein. Sofort wummerten ihr die rhythmischen Beats von Bodos Unterricht entgegen. Unbewusst wippte sie mit.

»Da bist du leider nicht allein!« Anna deutete auf Maries tanzende Beine und seufzte.

»Was meinst du? Den dicken Kater, der sich um meine Muskeln geschlungen hat?«

»So schlimm? Du Arme. Nein, ich meine, dass du dem Hip-Hop nicht widerstehen kannst. So geht es allen. Bodos Hip-Hop-Klassen sind total überlaufen«

»Ist deswegen die Stimmung so gereizt?«

»Ich weiß nicht. Seit ein paar Wochen ist einfach der Wurm drin. Im Prinzip kann Bodo nichts dafür, dass Hip-Hop gerade so angesagt ist und er sich vor Schülern kaum retten kann, aber ich finde, er ist ziemlich hochnäsig und gibt mit seinem Erfolg an. Und seit Kurzem trägt er sich immer für den großen Saal ein, auch wenn es anders vereinbart war«, meinte Anna. »Aber lasst uns besser ins Büro gehen. Dann stört uns niemand.«

Doch weder Franzi noch Kim reagierten. Sie starrten gebannt durch die gläserne Flügeltür auf die Tänzer, die ein paar neue Moves ausprobierten. Anders als beim klassischen Ballett trugen alle lockere Kleidung und Turnschuhe. Die Tänzer stellten sich gegenüber und kamen aufeinander zu. Dann klatschten sie sich ab und sprangen mit einer Drehung wieder auseinander.

»Das ist total cool«, schwärmte Franzi. »Und die Musik ist echt super. Da kriegt man sofort Lust mitzutanzen.«

»Meine Beine und Arme verwursteln sich schon beim Zuschauen«, meinte Kim düster. »Fünf Minuten bei Bodo und ihr müsstet mich als zusammengefaltetes Paket bei der Packstation abholen. Aber die Musik find ich auch richtig gut.«

Plötzlich verstummten die Beats. »Dehnt euch an der Stange«, hörte Marie Bodo sagen. »Ich bin gleich zurück.« Dann öffnete er die Tür. »Anna, gut dass du da bist. Ich wollte mich entschuldigen. Wegen vorhin, du weißt schon.« Er machte ein zerknautschtes Gesicht. »Tut mir leid.«

Anna musste grinsen. »Schon gut. Aber in Zukunft sprechen wir uns besser ab, ja?«

Bodo nickte. »Versprochen«, sagte er. »Und noch was: Ich wollte dich bitten, meiner wilden Truppe hier ein paar klassische Elemente zu zeigen. Die haben noch nicht kapiert, dass die Körperspannung das Wichtigste beim Tanzen ist. Hast du fünf Minuten?«

Anna sah die drei !!! fragend an. »Kann ich euch für einen Moment allein lassen?«

»Logo«, sagte Kim schnell. »Wir kommen kurz ohne dich klar.«

Marie wusste sofort, was Kim vorhatte. Ein paar Minuten für eine ungestörte Spurensicherung kamen ihnen wie gerufen.

Anna verschwand im Ballettsaal und Kim, Franzi und Marie im Büro des Tanzstudios.

Kim rieb sich die Hände, Franzi zog den linken ihrer roten Zöpfe fest und Marie steckte eine lose Haarnadel wieder fest in ihren blonden Dutt.

»Das trifft sich gut«, meinte Kim zufrieden und sah sich um. »Auch wenn die Spurensuche hier eher schwierig werden könnte. Wer hat denn dieses Chaos verbreitet?« Mit spitzen Fingern hob sie einen riesigen zertanzten Turnschuh in die Höhe, tat so, als schnuppere sie daran, und ließ ihn wieder fallen. »Bodo könnte seine Wäsche ruhig mal mit nach Hause nehmen, finde ich.«

»Iiiih, hör auf, Kim«, rief Marie. »Das ist doch ekelig.« Sie holte ihr Smartphone aus der Hülle, ging zu Laras Schreibtisch und fotografierte ein paar Unterlagen. Sie stellte verwundert fest, dass das Chaos auf Bodos Seite noch extremer geworden war. Als wäre zusätzlich ein Tornado über das Papiergebirge hinweggefegt.

Kim und Franzi holten ebenfalls ihre Telefone heraus und fotografierten los.

Dann zog Marie die unterste Schreibtischschublade auf, in die Anna die schwarzen Rosen gelegt hatte. Die Blumen jagten Marie wieder einen Schauer über den Rücken, aber nun, da sie halb verwelkt ihre Köpfe hängen ließen, sahen sie irgendwie harmloser aus. Sie legte sie auf den Schreibtisch und machte ein Foto. Dabei bemerkte sie, dass nicht nur die Blütenblätter, sondern auch die Stiele der Blumen schwarz waren. Und damit nun auch ihre Hände! Mist!

»Guckt euch das an!«, sagte sie säuerlich und verzog den Mund.

Kim und Franzi kamen näher.

»Tinte«, sagte Kim fachmännisch. »Schwarze Tinte. Wenn man die ins Blumenwasser gibt, färben sich die weißen Blütenblätter dunkel.«

»Ich hab mich schon gewundert«, meinte Marie. »Von schwarzen Rosen hatte ich noch nie gehört.«
In diesem Augenblick kam Anna wieder zur Tür herein. Gefolgt von Pamina Fletscher, die ihren Gehstock gleich in die Ecke stellte.
Marie fühlte sich ertappt, obwohl Lara sie ja beauftragt hatte, der Sache nachzugehen. Und doch hatte sie ein schlechtes Gewissen, weil sie ohne Anna ins Büro gegangen waren, um sich in Ruhe umzusehen.
Pamina Fletscher schien das allerdings überhaupt nicht merkwürdig zu finden. Im Gegenteil.
»Na, habt ihr schon eine heiße Spur?«, fragte sie ganz selbstverständlich.
»Die Ermittlungen laufen auf Hochtouren«, antwortete Kim. »Aber Sie müssen Verständnis haben, dass wir noch nichts Genaues sagen können.«
»Das verstehe ich natürlich«, sagte Pamina.
Sie legte Anna den Arm um die Schultern und flötete: »Wenn ihr irgendwas wissen wollt, dann fragt ruhig. Wir sind hier eine große Familie und wir haben keine Geheimnisse voreinander. Und ich bin so überaus froh, dass ihr euch der Sache angenommen habt. Pfui. Meiner lieben Freundin Lara solche Angst zu machen! Das gehört sich einfach nicht. Hoffentlich ist dieser Spuk bald vorbei.«
Anna sah Pamina verwundert an. »Na, gestern klang das aber noch ganz anders.«
»Gestern habe ich einfach an einen dummen Scherz geglaubt, bei dem niemand ernsthaft zu Schaden kommt. Aber heute? Diese Spiegelkugel ... da hätte sonst was passieren

können. Meine arme, arme Lara! Und auch du, mein armer, armer Schatz.« Pamina nahm Annas Hand und drückte sie fest.
Kim gab Franzi und Marie ein Zeichen, dass es Zeit war, von hier zu verschwinden.

Hip-Hop für alle!

In der Garderobe war die Hölle los. Bodo hatte gerade seine Stunde beendet und alle versuchten gleichzeitig, ihre Hosen wiederzufinden. Der Tanzlehrer unterhielt sich mit einem braunhaarigen Mädchen und lachte.
»Bodo B. Boost?«, fragte Kim höflich. »Würdest du uns noch ein paar Fragen beantworten?«
»Komm einfach in die nächste Stunde. Du brauchst keine Vorkenntnisse«, sagte Bodo, ohne den Blick von seiner Gesprächspartnerin zu wenden.
»Nein, es geht nicht um Hip-Hop«, sagte Kim leicht genervt von Bodos unhöflichem Verhalten. »Wir sind Detektivinnen. Und wir ermitteln im Fall Lara Semova. Sie ist unsere Auftraggeberin.«
»Ach, ihr wart vorhin schon da, richtig?«, fragte Bodo. »Und gestern bei der Premiere. Leider muss ich dringend weg. Wie wäre es, wenn ihr morgen alle zum Training komm? Ich lade euch zu einer Probestunde ein. Danach könnt ihr mich ausquetschen.« Bodo überlegte einen Augenblick. Dann musterte er erst Kim, dann Franzi und als Nächstes Marie. »Sagt mal, jetzt schnall ich es erst. Detektivinnen? Im Ernst? Verbrecher verfolgen? Diebe schnappen und so? Seid ihr dafür nicht noch ein wenig jung?«
Marie funkelte Bodo an und machte sich so groß wie möglich. Sie konnte diesen Einwand einfach nicht mehr hören. Zu jung für was eigentlich? Mutig zu sein und scharf nachzudenken? Pah! Sie ging zu ihrer Tasche und holte eine Visi-

tenkarte hervor. Schon die zweite in diesem Fall. Wenn dieser Trend anhielt, mussten sie wohl bald neue drucken lassen. Sie gab Bodo die Karte in die Hand.
Der sah nur flüchtig darauf und meinte spöttisch: »Und was soll das bitte sein? Euer selbst gemalter Detektivclub-Ausweis?«
»Haha, sehr lustig«, sagte Marie trocken. »Sag bloß, du hast wirklich noch nie von den drei !!! gehört. Du kennst doch sonst immer alles, was cool ist.« Sie grinste. »So ein Glück, dass du morgen ein Date mit uns hast. Also dann!« Sie streckte Bodo die Hand hin.
Dabei sah sie etwas, das sie stutzig machte. Und Bodo in höchstem Grad verdächtig. In dem Augenblick, als sie Kim und Franzi auf ihre Entdeckung aufmerksam machen wollte, zog Kim sie am Arm aus der Garderobe ins Freie. Doch als sie die Panik sah, die Kim ins Gesicht geschrieben stand, entschloss sie sich, erst einmal ihrer Freundin zu helfen. Was sie gesehen hatte, konnte sie Kim und Franzi auch später noch in Ruhe erzählen.

»Bitte sag mir, dass ich da gerade etwas missverstanden habe«, stöhnte Kim vor dem Tanzstudio. »Wir müssen doch bei diesem Hip-Hop-Kurs nicht *mitmachen*? Zuschauen genügt, oder?«
»Äh, na ja. Also, ich befürchte, wir werden mitmachen müssen. Aber du wirst sehen, das macht total viel Spaß!«, versuchte Marie Kim zu beruhigen.
Kim wurde kreidebleich, dann tomatenrot und schnappte nach Luft. »Das macht mir aber keinen Spaß. Da bin ich mir

so sicher wie … wie … ach, keine Ahnung.« Sie ließ die Schultern hängen. »Dafür bin ich einfach nicht die Richtige. Im Gegensatz zu euch *habe* ich einen Bauch und Beine und einen Po. Und außerdem kann ich auch gar nicht so lässig gucken wie die da alle.«

Oweia. Klar. Daran hatte Marie im ersten Moment gar nicht gedacht. Bodos nett gemeintes Angebot musste für Kim die Hölle sein.

»Kim. Erstens: Du bist nicht dick. Weder am Bauch noch an den Beinen und schon gar nicht am Po. Du hast eine ganz wunderbare Figur. Und zweitens: Du kannst tanzen. Und nicht nur zur Musik der *Boyzzzz*.« Aus ihrer Sporttasche, auf die mit Strasssteinen verzierte Spitzenschuhe appliziert waren, zog Marie eine Tüte Gummibärchen. »Hier. Die Extra-Sauren. Das beruhigt!«

Kim griff in die Tüte und verzog angeekelt das Gesicht. »Iihgittigitt. Die sind von der Hitze ganz labbrig geworden.« Sie hielt einen roten Gummibären in die Höhe, der sich dabei von ganz alleine von einem Bären in eine Gummischlange verwandelte.

»Tja, da gibt es nur eine Lösung«, meinte Franzi. »Du musst die Gummibären möglichst schnell in einem *Lomo Iced Choc Kick* versenken. Im besten Fall hast du einen neuen Drink kreiert, im schlimmsten musst du dich sowohl vom Naschzeug als auch vom *LICK* trennen.«

Der Gedanke, einen eiskalten Kakao in ihrem Lieblingscafé zu trinken, machte Marie sofort gute Laune.

In diesem Augenblick brummte es in Maries Tasche drei Mal.

Sie kramte nervös in den Trainingsklamotten und der Wechselwäsche herum, fischte ihr Telefon heraus und las die neu eingegangene SMS.

Marie, du bringst meine Seele zum Tanzen!

Hoppla. Marie durchlief es heiß und kalt. Was für ein schönes Kompliment! Aber von wem? Sie besah sich die Nummer, doch die sagte ihr nichts.
Schnell tippte sie eine Antwort.

Wer bist du?

»Hallo? Kannst du jetzt mal dein Telefon weglegen?« Franzi wedelte mit der Hand vor Maries Gesicht herum. »Du bist ja überhaupt nicht ansprechbar!«
»Tut mir leid.« Marie stopfte ihr Handy zurück in die Tasche und versuchte sich nicht anmerken zu lassen, wie sehr sie die SMS durcheinandergebracht hatte. »Gehen wir?«
Nun sah Franzi sie verwirrt an. »Wohin?«, fragte sie.
»Na, ins *Lomo*. Ich dachte, du wolltest meine Gummibärchen schockfrosten. Und dabei sollten wir dringend die Faktenlage im Fall ›Sterbender Schwan‹ besprechen.«

Das *Café Lomo* war das Stammlokal der drei !!!. Es war einfach unschlagbar gemütlich und besaß genug lauschige Ecken, um dort auch knifflige Fälle besprechen zu können, ohne dass die Detektivinnen sich beobachtet oder belauscht fühlten. Sie steuerten direkt auf einen der Bistrotische auf der Terrasse zu. Im hinteren Bereich standen zwischen den Tischen Blumentöpfe mit buschigen Buchsbäumchen. Darüber waren weiße Sonnensegel gespannt, die an diesem heißen Tag den nötigen Schatten spendeten.

Sie bestellten drei *LICKs* und legten ihre Telefone auf den Tisch.

»Was machen wir zuerst?«, fragte Kim und zwinkerte Marie zu. »Studieren wir die Schnappschüsse von den Unterlagen oder sagst du uns, was es Neues in deinem Liebesleben gibt?«

Marie setzte ein überraschtes Gesicht auf und flötete: »Was meinst du denn damit?«

»Glaubst du, du kannst uns täuschen? Vergiss nicht, wir sind Doppelagenten: Detektivinnen mit scharfem Verstand, aber auch deine Freundinnen. Wir sehen dein Herz!«

»Ist ja schon gut. Ihr habt mich überführt.« Marie schob ihr Telefon zu Franzi und Kim.

»Diese Nachricht ist vorhin gekommen!«

»Das ist aber süß«, entfuhr es Franzi.

»Noch süßer wäre es, wenn du wüsstest, wessen Herz da wegen dir herumtanzt.« Kim lächelte geheimnisvoll.

»Keine Panik. Ich hab doch schon längst nachgefragt. Können wir nun von meinem geheimnisvollen Verehrer, der sich hoffentlich bald outen wird, zu unserem Fall zurückkommen? Lara hat uns ihr Vertrauen geschenkt. Ich finde, dann sollten wir alles daransetzen, den Spuk möglichst bald zu beenden.« Marie löste die Spange an ihrem Dutt. Ihre blonden langen Haare fielen mit so perfektem Schwung herunter, als hätte ein Friseurteam eine ganze Stunde daran herumgeföhnt.

»Du hast recht. Jede guckt die eigenen Schnappschüsse an, und wenn einer etwas Verdächtiges auffällt, dann schlägt sie Alarm«, beschloss Kim.
Die drei !!! guckten angestrengt auf die Displays ihrer Handys. Eine ganze Weile sagte niemand ein Wort.
Maries Fotos zeigten Notizen zu den einzelnen Choreografien und Musikideen. Als Letztes hatte sie noch eine private Telefonrechnung fotografiert. Schöne Pleite. Damit konnten sie falltechnisch überhaupt nichts anfangen.
»Ich hab was!«, rief Franzi als Erste. »Hier sind die Einnahmen des Studios aufgeführt. Allerdings gesondert nach klassischem und modernem Tanz. Lara Semova verdient mit ihren Kursen kaum noch Geld. Bodo B. Boost dagegen reichlich. Das totale Ungleichgewicht.«
»Anna hat vorhin schon angedeutet, dass Bodo ein paar mehr Schüler hat als Lara«, meinte Marie.
»Ein *paar* mehr ist eindeutig untertrieben. Ungefähr zehn Mal so viele«, erklärte Franzi und zeigte Kim und Marie die Tabelle.
Marie konnte die Zahlen auf dem abfotografierten Schriftstück zwar gut erkennen, aber auf dem unteren Rand prangte ein verschmierter schwarzer Fleck. Plötzlich fiel ihr siedend heiß ein, was sie ihren Freundinnen unbedingt noch hatte sagen wollen. »Habt ihr eigentlich vorhin Bodos Hände gesehen?«, fragte sie.
Kim und Franzi schüttelten den Kopf.
»Die Finger waren voll von merkwürdig hellschwarzen Flecken. So, als hätte er versucht, sich Farbe abzuschrubben, aber sie ist eben nicht sofort abgegangen.«

»Du meinst …«, begann Franzi.

»… das war die schwarze Tinte für die Rosen?«, ergänzte Kim und zog eine Augenbraue nach oben.

»Das heißt also, Bodo war das mit den schwarzen Rosen? Dann steckt er auch hinter den anderen Anschlägen?«, vermutete Franzi.

»Wir dürfen nicht so voreilig sein. Bodos schwarze Hände sind ein Indiz dafür, dass er die Rosen gefärbt haben könnte. Allerdings gibt es auch zig andere Erklärungen, warum er Farbe an den Händen hat. Zum Beispiel diese.« Kim hielt ihre rechte Hand nach oben. An Daumen und Zeigefinger waren blaue Flecken zu sehen. »Unser neues Kunstprojekt an der Schule: Stempeln.«

»Aber er hat ein Motiv!«, gab Franzi zu bedenken. »Das Tanzstudio hat nicht genug Platz, und wenn Lara keine Stunden mehr gäbe, müsste er sich nicht mit ihr um die Räume streiten.«

»Stimmt. Und trotzdem glaube ich nicht, dass er der Täter ist. Das passt alles nicht zusammen. Warum mietet er sich nicht ein eigenes Tanzstudio? Dazu muss er doch Lara nicht wegekeln. Kapier ich nicht«, meinte Marie.

»Ich gebe dir recht. Das wäre echt 'ne heftige Nummer, die er da abzieht. Wer kommt noch infrage?« Kim ließ ihr Handy in die Tasche fallen und zog Notizblock und Stift heraus.

»Anna?«, schlug Franzi vor.

»Wieso Anna?« Marie sah überrascht auf.

»Na, vielleicht will sie nicht alleine nach Russland und hofft, dass ihre Mutter mitkommt, wenn sie hier vor lauter Angst nicht mehr bleiben will?«

»Das kommt mir ein wenig abwegig vor, aber ausschließen dürfen wir es nicht. Zumindest kennt sie ihre Mutter sehr gut und weiß, welche Bedeutung die Matrjoschka für sie hat.« Kim notierte etwas auf ihrem Block. »Wir dürfen diesen Oleg nicht vergessen. Vielleicht ist er doch nicht nur da, um Anna mitzunehmen. Lara und er kennen sich doch schon recht lange. Die könnten doch eine gemeinsame Leiche im Keller haben.«

»Na, wenn die beiden Mörder sind, sind wir eh raus«, sagte Franzi und hob ironisch eine Augenbraue nach oben. »Soll ich Kommissar Peters anrufen?«

»Sehr witzig. Es könnte doch wirklich sein, dass die beiden in eine merkwürdige Sache verwickelt waren, über die sie nicht mehr sprechen möchten«, behauptete Kim weiter.

»'tschuldige. Hast ja recht«, lenkte Franzi ein.

Marie wickelte sich eine blonde Strähne um den Finger und nippte an ihrem *LICK,* den Sabrina, die Bedienung im *Lomo*, gerade auf den Tisch gestellt hatte. »Über Oleg wissen wir zu wenig. Und ich kann ihn nicht richtig einschätzen. Ich finde, dem sollten wir so bald wie möglich auf den Zahn fühlen.«

»Und Pamina Fletscher«, sagte Franzi. »Das war doch oberseltsam, wie die sich benommen hat, oder was meint ihr? Erst war sie total dagegen, dass wir den Fall übernehmen, und heute hat sie fast geweint vor Glück, dass es uns gibt.«

»Ich schreib sie mit auf die Verdächtigenliste«, sagte Kim und sah fragend in die Runde. »Noch etwas?«

In diesem Augenblick brummte Maries Handy.

»Also, jetzt ist es aber klar wie Kloßbrühe, wer dein neuer Verehrer ist!«, rief Franzi kichernd. »Und er ist gar nicht neu, sondern uralt!«

»Du denkst also das Gleiche wie ich?«, fragte Kim aufgeregt.

»Na klar, lies doch mal! *Du kennst mich besser als jede andere. Aber nur in der Version 1.0. Die hatte eine Menge Programmierfehler. Marie, willst du dich mit mir treffen?* Also wenn das nicht von Holger kommt, futtere ich deine Spitzenschuhe«, meinte Franzi.

»Musst du nicht. Das ist sicher von ihm.« Marie tippte schnell eine Antwort:

Mein geheimnisvoller Verehrer ist also Holger 2.0?

Als sie auf *Senden* tippte, wurde ihr schlecht. Aus zwei Gründen. Zum einen, weil sie sich freute und am liebsten die ganze Welt umarmt hätte, und zum anderen, weil sie sich ärgerte, dass ihr Exfreund nun wieder in jedem Winkel ihres Kopfs aufploppte: sein Lächeln. Seine weichen, braunen Haare. Sein Duft. Seine Stimme ...

»Marie, geht es dir gut?«, fragte Franzi besorgt und legte Marie die Hand auf den Arm.

Marie zuckte zusammen und war mit einem Schlag wieder in der Gegenwart.

»Kennt ihr das?«, fragte sie leise. »Dass man sich etwas ganz doll wünscht, aber verdrängt hat, dass man es sich wünscht, und man dann aber Angst bekommt, wenn man es doch kriegt?«

»Moment, um das zu kapieren, brauche ich einen kräftigen

Schluck Eiskakao.« Kim nahm den Strohhalm in den Mund und sog auf ein Mal das halbe Glas leer. Dann zuppelte sie mit den Schneidezähnen an ihrer Unterlippe herum. »Ja, kenne ich.«
»Ich auch«, meinte Franzi. »Total normal. Du und Holger, ihr wart so lange ein Traumpaar. Und dann hat er dich so sehr verletzt, als er sich in Selma verliebt hat. Du warst supertapfer in dieser Zeit, obwohl wir alle wissen, dass dein Herz geblutet hat. Aber Gefühle kann man eben nicht auf Wunsch abschalten.«
Marie fühlte, wie ihr die Tränen in die Augen stiegen. Genauso war es. Franzi hatte ins Schwarze getroffen.
»Und jetzt möchte Holger wieder Teil deines Lebens sein. Ist doch klar, dass dich das verwirrt und du nicht weißt, ob du seinen neu entflammten Gefühlen für dich wirklich trauen kannst.« Franzi verstummte und Marie schniefte.
Kim reichte Marie ein Taschentuch und sah Franzi bewundernd an: »Alle Achtung, Franzi. Eine Paartherapeutin braucht ihr euch auf jeden Fall nicht zu suchen. Ich meine, nur für den Fall, dass ihr tatsächlich wieder ein Paar werden solltet.«
»Ich weiß gar nichts mehr. In mir herrscht das totale Chaos. Was sag ich ihm denn, wenn er sich mit mir treffen will?«
»Nur keine Panik. Das entscheidest du einfach, wenn er dich fragt«, beruhigte Franzi sie. Maries Handy bewegte sich dreimal laut brummend auf Kim zu.
»Also genau jetzt«, meinte Kim trocken und schob das Telefon zurück zu Marie.

Ewige Treue

Maries Hände zitterten so stark, dass sie zweimal auf das Feld drücken musste, um die Nachricht zu öffnen. »Er will sich mit mir treffen. Am Schwänchenteich im Schillerpark. Morgen Nachmittag schon«, japste sie. »Was mache ich denn jetzt bloß?«

Kim klatschte begeistert in die Hände: »Am Schwänchenteich? Oh, darüber hab ich gestern einen Bericht in der *Neuen Zeitung* gelesen. Mit großer Schlagzeile: *Tierisch verliebt!* Habt ihr den auch gesehen?«

Marie und Franzi verneinten.

»Sebastian beschreibt in dem Artikel ein Schwanenpaar, das seit vielen Jahren dort lebt und dem Teich seinen Spitznamen gegeben hat. Und jetzt kommt der Clou: Einmal verliebt, sind sich Schwäne treu bis in den Tod. Ist das nicht furchtbar romantisch? Das müsst ihr unbedingt lesen. Sebastian hat einen coolen Stil. Er kann trockene Fakten richtig witzig rüberbringen«, schwärmte Kim.

»Sebastian, soso.« Franzi grinste Marie an. »Er überzeugt dich also menschlich und fachlich.«

»Das muss er auch, schließlich ist er der Leiter des Schreibworkshops«, meinte Kim in leicht beleidigtem Ton. »Was ist daran verkehrt, ein Vorbild zu haben?«

»Gar nichts«, gab Franzi zurück. »Ich will nur nicht, dass du dich da gefühlsmäßig so reinkniest. Du bist gerade erst aus dem Michi-Jammertal herausgewankt. Und da mach ich mir eben Sorgen. Sebastian ist viel älter als du.«

»Keine Panik. Schließlich wurde nicht ich zu einem Date am Schwänchenteich eingeladen, sondern Marie.«
»Du meinst also, Holger hat den Artikel auch gelesen und möchte sich deswegen mit Marie dort treffen? Um ihr zu zeigen, dass er sie ›für immer‹ zurückhaben möchte?«, fragte Franzi schnell, um von dem Sebastian-Thema abzulenken. »Wie süß!«
Marie hatte den Kabbeleien ihrer Freundinnen schweigend zugehört. Mitbekommen hatte sie nur einzelne Worte. Sebastian. Holger. Schwänchenteich. Ewige Treue. Sie konnte keinen klaren Gedanken fassen. Auf der einen Seite wäre sie am liebsten losgelaufen, um ihm um den Hals zu fallen und ihm sofort ALLES zu verzeihen. Auf der anderen Seite schnürte es ihr die Kehle zu, wenn sie daran dachte, wie sehr er sie verletzt hatte, als er sich für Selma entschieden hatte. Und was einmal passierte, konnte doch sicher auch ein zweites Mal passieren …
»He, Erde an Marie! Bist du da?« Kim schlürfte den letzten Rest ihres *LICKs* aus und versuchte handwedelnd Maries Aufmerksamkeit zu gewinnen. »Sollen wir lieber gehen, damit du in Ruhe nachdenken kannst?«
»Nein, alles, nur das nicht«, antwortete Marie. »Im Gegenteil. Ich brauche euren Rat dringender als jemals zuvor. Sagt mir doch bitte, was ich Holger antworten soll!«
Franzi sah Marie mitfühlend an. »Du hast Angst, dich wieder auf ihn einzulassen und dann enttäuscht zu werden, stimmt's? Schließlich bist du kein Pulli, den man wieder aus dem Altkleidersack holt, weil einem die Farbe doch wieder gefällt. Ist doch klar, dass du dir sicher sein willst, dass er

nicht mit deinen Gefühlen spielt. Aber Angst ist nie ein guter Ratgeber. Ich finde, eine zweite Chance hat Holger schon verdient. Auch wenn du natürlich vorsichtig sein solltest.«
Kim nahm Maries Hand und drückte sie fest. »Franzi hat recht. Höre auf das, was dein Herz dir sagt.«
Marie überlegte einen Augenblick. Zog ihr T-Shirt glatt, streckte den Rücken gerade durch und nahm das Handy vom Tisch. Dann tippte sie:

Einverstanden. Ich komme. Marie

Pfirsich-Sesam oder Lemongras mit Jojobawachsperlen? Marie stand in ihrem Badezimmer und betrachtete die stattliche Auswahl an Körperpeeling-Tuben. Oder sollte sie doch besser das neue Vanille-Basilikum nehmen? Marie öffnete den Deckel und schnupperte. Ein frischer Duft mit warmer Vanillenote strömte ihr in die Nase. Ihre Entscheidung stand fest. Dieses Peeling sollte es für ihr Treffen mit Holger sein!
Es klopfte an der Tür.
»Marie! Darf ich dein Bad benutzen? Sami und Finn haben im unteren Bad Schiffe versenken gespielt. In echt! Da steht alles unter Wasser!«, rief Lina.
Marie hörte der Stimme ihrer Stiefschwester an, dass sie total genervt war. Früher wäre ihr das völlig egal gewesen. Aber in letzter Zeit hatten sie sich immer besser verstanden. Und seit ihr gemeinsamer Bruder Finn auf die Welt gekommen war, waren sie alle fünf zu einer großen Familie zusammengewachsen. Mit allen Höhen und Tiefen. Und mit Sami, dem finnischen Au-pair, den sie für den kleinen Finn engagiert hatten.

Marie seufzte und warf einen Blick auf die Stelle an der Wand, auf die die pinkfarbene Designeruhr die Uhrzeit warf. Halb drei. Um vier hatte sie sich mit Holger verabredet. Das hieß, sie hatte nur noch eine gute Stunde Zeit, um sich zu stylen. Das war knapp! Zu knapp, denn sie hatte sich auch noch nicht entschieden, welchen Gürtel sie zu der dunkelblauen Jeans tragen würde. Den goldenen? Den rosafarbenen? Uah. Ihr schwirrte der Kopf. Sie wollte gerade ansetzen, Lina zu sagen, dass sie jetzt UNMÖGLICH das Bad verlassen konnte, als es flehend von außen tönte:
»Komm schon, bitte. Ich möchte nur auf die Toilette, ohne nasse Füße zu bekommen.«
Marie öffnete die Tür. Dann musste sie die Sache mit dem Gürtel eben vorziehen. »Na gut. Aber mach schnell.«

Es war windstill und heiß. Marie warf einen Blick auf ihre rosafarbene Seidenbluse und die dazu passenden Wedges mit Korkabsatz und überlegte, ob sie ihr Rad lieber stehen lassen sollte. Sie wollte auf keinen Fall verschwitzt und ausgepowert im Schillerpark ankommen. Doch die Aussicht, zwischen anderen schwitzenden Menschen im Bus eingepfercht zu sein, war ebenfalls nicht besonders verführerisch. Dann schon lieber ein bisschen selbst gemachter Wind – Fahrtwind!
Sie holte ihr Fahrrad aus dem Schuppen und radelte los. Gut, dass in dem Viertel, in dem die Villa der Grevenbroichs stand, so viele alte Bäume standen, die Schatten spendeten. Und sie würde einfach so langsam fahren, dass ihre Schminke nicht verlief. Wie es wohl war, Holger wiederzusehen? Ob er sich verändert hatte?

Quatsch, schalt sie sich selbst. Holger war nicht der Typ für modische Experimente und so lange lag ihr letztes Treffen nun auch wieder nicht zurück.

Zehn Minuten vor vier bog sie in den Schillerpark ein. Sie schloss ihr Rad an den Fahrradständer am Eingang und ging zu der großen Schautafel mit dem Lageplan des Parks. Der Schwänchenteich lag im hinteren, bewaldeten Teil, in dem Marie noch nicht so oft gewesen war. Und sie fragte sich ernsthaft, warum. Dieser Teil des Parks war wunderschön. Der Weg führte durch dichten Laubwald und an einer Liegewiese vorbei, auf der eine Frau und ein Mann Jonglierkunststücke einübten. Sie warfen sich die Bälle zu und hielten trotzdem alle gleichzeitig in der Luft. Daneben lag ein Pärchen auf einer Decke und las. Marie nahm sich vor, Kim und Franzi von der Wiese zu erzählen. Vielleicht konnten sie hier ihr Festpicknick veranstalten, wenn sie den Fall »Sterbender Schwan« gelöst hatten? Oder musste sie eher sagen »falls«? Schließlich waren sie mit ihren Ermittlungen noch ziemlich am Anfang. Marie verscheuchte den Zweifel schnell aus ihren Gedanken. Bisher hatten sie schließlich noch jeden Fall gelöst. Warum sollte ihnen das diesmal nicht gelingen? Aber erst mal musste sie einen ganz anderen Fall lösen. Die Reparatur ihres Liebesglücks. Nach der Wiese machte der Weg eine Biegung. Maries Herz klopfte beinahe so laut wie der Specht, der an einem der Bäume herumpickte. Ob Holger bereits auf sie wartete? Schon konnte sie den kleinen Teich sehen, auf dem rosafarbene Seerosen wuchsen. Zufrieden bemerkte Marie, dass das Rosa ihrer Bluse perfekt mit den Blumen harmonierte. Die eine Hälfte des Teichs glitzerte in der Juli-Sonne, die andere Hälfte wurde von den mächtigen Buchen beschattet, die nicht weit vom Ufer standen. Marie sah sich um, doch sie konnte niemanden entdecken. Auf der einen Seite war sie froh, dass keine anderen Menschen da waren und ihr Treffen mit Holger ungestört sein würde, auf der anderen Seite fühlte sie sich plötzlich ein wenig einsam. Sie warf einen Blick auf ihr Telefon. Fünf vor vier. Dann würde sie eben warten. Sie setzte sich auf eine schattige Sitzbank, schlüpfte aus ihren Wedges und zog die Beine dicht an den Körper. Sie starrte auf ihre pflasterbeklebten Zehen und freute sich, dass die Ferse nicht mehr so feuerrot war wie gestern. Irgendwo raschelte es. Marie sah hoch. Das war bestimmt Holger! Schnell zog sie ihre Schuhe wieder an, holte ihren Spiegel aus der Handtasche und erneuerte ihr Erdbeer-Lipgloss. Sie presste die Lippen aufeinander, löste sie schmatzend und bemühte sich, möglichst lässig und gleichzeitig elegant zu wirken. Nichts passierte. Dann raschelte es wieder und zwei Schwäne glitten aus dem Schilf. Sie schwammen im gleichen Tempo nebeneinanderher. Es sah aus, als wären sie ein einziges Wesen. Harmonisch und märchenhaft schön. Marie seufzte. Das musste das Schwanen-Ehepaar sein, von dem Kim erzählt hatte. Hoffentlich versteckten sie sich nicht gleich wieder. Wenn Holger das doch jetzt sehen könnte …

Marie checkte die Uhrzeit. Schon drei nach vier. Holger würde doch auftauchen, oder? Sie schüttelte ihr Handy, als ob sie es so zum Klingeln bringen könnte. Nichts. Kein Anruf. Keine Nachricht.

Na gut. Drei Minuten waren gar nichts, versuchte Marie sich selbst zu beruhigen. Sie war schließlich die Königin des Zuspätkommens. Vielleicht ging Holger einfach davon aus, dass sie, wie früher, sowieso eine Viertelstunde später als vereinbart aufschlagen würde.
Sie beschloss, einmal um den Teich zu laufen und erst dann wieder auf ihr Handy zu schauen.
Als sie loslief, folgten ihr die Schwäne. Sie reckten ihre Hälse und neigten die Schnäbel zu ihr, wie um ihr etwas zu sagen. »Wisst ihr, wo Holger ist?«, fragte Marie und blieb einen Augenblick stehen.
Die Schwäne rollten ihre Hälse zu einem Fragezeichen. Marie lächelte. Das war auch eine Antwort. »Hab ich mir schon gedacht, dass ihr das auch nicht wisst, ihr Schönen«, flüsterte sie traurig.

Als Marie die Hälfte des Teichs umrundet hatte, spürte sie einen fiesen Stich im Bauch. Was, wenn das alles nur ein gemeiner Scherz gewesen war? Vielleicht saß Holger gerade irgendwo gemütlich herum und lachte sich schlapp über ihre Gutgläubigkeit?
Je länger Marie ging, desto größer wurden ihre Zweifel. War Holgers Rückeroberungsaktion nicht ein bisschen zu dick aufgetragen gewesen? Mal ehrlich. Ein fettes rotes Kreideherz und diese schmalzigen Nachrichten? Das hätte ihr gleich komisch vorkommen müssen.
Auf der anderen Seite ... Welches Interesse sollte Holger daran haben, ihr ein zweites Mal derart wehzutun? Das ergab überhaupt keinen Sinn. Möglicherweise hatte er sich schon

mit ihr treffen wollen, es aber dann vergessen? Wie auch immer, Marie fühlte sich hundeelend. Und gleichzeitig furchtbar wütend. Wie konnte Holger ihr nur so etwas antun? Nein, so durfte niemand mit Marie Grevenbroich umgehen. Niemand! Die letzten Meter zur Bank stolperte sie mehr, als dass sie lief, die Augen blind vor Tränen. Sie tastete nach ihrem Handy. 16:26 Uhr! Und immer noch kein Lebenszeichen von Holger. Dieser Typ konnte ihr von nun an endgültig gestohlen bleiben!

Enttäuschungen und Ermittlungen

Marie schloss die Haustür auf und stürmte die Treppe nach oben.
»Marie, bist du schon wieder da?«, rief Sami. »Hör mal, was ich Finn beigebracht habe!« Aus dem Wohnzimmer drang die quäkende Stimme von Finns Fernbediene-Biene Trine, die ein finnisches Kinderlied sang. Finn fiel beim Refrain grölend mit ein und lachte sich hinterher schief. Offensichtlich hatte Sami es geschafft, auf Finns elektronisches Wahnsinnsspielzeug in Form einer Biene finnische Kinderlieder zu laden. Ein finnisch singender Finn, das war ganz bestimmt allerliebst, aber Marie wollte lieber so schnell wie möglich im Zimmer verschwinden, bevor jemand sah, in welch erbärmlichem Zustand sie war. Alles, was sie jetzt brauchte, war ein tröstendes Schaumbad und laute Musik!
»Ich habe keine Zeit, ich muss trainieren«, rief sie und bemühte sich, ihre Stimme so normal wie möglich klingen zu lassen. Sami sollte auf keinen Fall merken, dass sie einen Trauerknödel im Hals hatte.

Wo war bloß der MP3-Spieler? Sie leerte die rosafarbene Tasche auf ihren Schreibtisch. Handy und Geldbeutel klatschten auf die Tischplatte. Nein, da war er nicht. Mist. Dafür leuchtete das Display des Handys auf. Fünf Nachrichten. Unbekannte Nummer. Mit ein paar Klicks löschte sie die Nachrichten ungelesen. Dafür hatte sie jetzt wirklich keinen Nerv. Doch jetzt fiel ihr ein, dass sie den MP3-Player heute

in der Schule dabeigehabt hatte. Sie holte ihn aus ihrem Schulrucksack und öffnete die Playlist des neuesten Albums der *Boyzzzz*. Ihr aktuelles Lieblingslied der Band passte perfekt zu ihrer Situation: *Never ever trust no one!* Genau. Vertrau niemandem! Die *Boyzzzz* hatten einfach immer recht. Warum war sie nur so naiv gewesen? Oder besser gesagt: ihr Herz. Das nächste Mal würde sie nicht mehr auf diesen gefühlsduseligen Muskel in ihrer Brust hören, sondern auf die *Boyzzzz*!
Sie stellte den Song auf Dauerwiederholung, drehte die Lautstärke voll auf und ließ das Badewasser einlaufen. Zum zweiten Mal an diesem Tag.

Nach einer *halben* Stunde hatten sich sämtliche Pflaster von Maries Füßen gelöst und ihre Hände waren schrumpliger als Linas Müsli-Dörrpflaumen. Nach knapp *einer* Stunde war der Lack an sämtlichen Fingern abgeplatzt, aber Marie konnte wieder halbwegs klar denken. Sie stieg aus der Wanne und kuschelte sich in ihren flauschigen gelb-rot gepunkteten Frotteebademantel. Hitze hin oder her, dieser Bademantel gehörte zu einem Trostwannenbad einfach dazu. Sie löste den Gummi, mit dem sie ihre Haare nach oben gebunden hatte, und ließ die Haare über das Gesicht fallen. Sehr gut. Ein neuer Trend. Dann würde wenigstens niemand fragen, warum sie so traurig guckte.
Plötzlich mischte sich unter *Never ever trust no one* noch ein anderer Song der *Boyzzzz*. *Hey, come on, let's party!* Marie war einen Augenblick irritiert, aber dann erinnerte sie sich. Das war der neue Klingelton, den sie für die drei !!! ausgesucht

hatte. Marie stürzte aus dem Bad und schnappte sich das Handy. Es war Kim.
»Ich möchte nicht drüber reden«, begrüßte Marie sie.
»Ach du liebes bisschen«, stöhnte Kim. »Das hatte ich ganz vergessen. Ich bin eine Rabenfreundin. Dein Treffen mit Holger …«
»ICH MÖCHTE NICHT DARÜBER REDEN!«
»Schon gut, schon gut. Aber *ich* will drüber reden. Und zwar über diese Tanzsache«, sagte Kim zögerlich. »Aber wenn es dir nicht gut geht, versteh ich das. Ich komm schon klar, es ist nur so, Franzi ist mit Blake skaten und …«
»Schieß los. Ich nehme alles, was mich von heute Nachmittag ablenkt«, antwortete Marie.
»Also, ich wollte sagen … Ich habe überlegt … Ich kann da morgen nicht mitkommen. Echt. Ich habe mir eben ein paar Clips im Netz angesehen und versucht, da mitzumachen. Es ist hoffnungslos. Ich bin eine Tanz-Katastrophe!«
»Du übertreibst!«
»Wenn überhaupt, untertreibe ich«, stöhnte Kim. »Ich verwechsle ständig Arme und Beine. Von links und rechts schweige ich mal lieber ganz. Ich kann unmöglich morgen mitmachen. Nicht, wenn ich noch einmal aus dem Haus gehen will, ohne vor Scham krebsrot zu werden.« Kim klang völlig verzweifelt und Marie fasste einen Entschluss. Sie würde zu Kim fahren und ihr die Angst nehmen. Alles war besser, als hier Trübsal zu blasen und untragbare Frisuren zu erfinden. Und wenn sie Kim damit helfen konnte, umso besser. »Stell schon mal 'ne Limo kalt«, sagte sie deshalb und band ihre Haare zum Zopf. »Ich bin in einer halben Stunde bei dir.«

Marie richtete das Fahrrad wieder auf, das sie vorhin achtlos in die Wiese neben der Villa hatte fallen lassen. Mit einem Ruck und einer gehörigen Portion schlechtem Gewissen stellte sie die Vorderlampe wieder gerade, die sich bei dem Sturz verdreht hatte. Ihre Wut an ihrem Fahrrad auszulassen, war nicht die feine Art gewesen. Zum Glück war nichts weiter passiert. Sie setzte ihren Helm auf und schob das Rad zum Tor hinaus.
Diesmal fuhr Marie schnell – ohne Rücksicht auf das leichte Make-up, das sie sich schnell gegönnt hatte, um die roten Ränder um ihre Augen abzudecken. Sie überholte zwei kleine Mädchen, die Hand in Hand auf dem Gehweg hüpften, und einen Gemüselaster vom Biohof Velte. Marie freute sich darüber. Bauer Velte war vor Kurzem in einen Fall um eine Supermarktkette verwickelt gewesen und hatte große finanzielle Nöte gehabt. Offensichtlich schien es nun besser für ihn zu laufen.
Marie bog in die Käfergasse ein. Der Weg über die Tanzschule war der kürzeste, wenn man von der Villa zum Reihenhaus der Jülichs kommen wollte.
Beim Kreideherz saßen ein paar Kinder. Überall auf der Straße waren Kreidestücke verteilt. Marie sprang vom Rad und schob es an den Kindern vorbei. Zufrieden sah sie, dass die Kinder aus dem Herz die Krone eines Baumes gemacht hatten und gerade dabei waren, den mächtigen Stamm, an dem Eichörnchen nach oben kletterten, zu zeichnen. Marie lächelte. Sehr gut. War das blöde Herz zumindest für irgendwas gut gewesen. Sie fuhr wieder an, ohne den Blick von dem bunten Straßenbild zu nehmen, und krachte in einen

anderen Fahrradfahrer, der sich ebenfalls gerade an der Kindertraube vorbeischlängeln wollte.

»He, pass doch auf! Hast du keine Augen im Kopf?«, rief der Mann und versuchte die Kiste, die er auf dem Gepäckträger befestigt hatte, festzuhalten. Vergeblich. Ein Schwung Blätter, Briefkuverts und Mappen fiel auf die Straße.

Hektisch lehnte der Mann das Fahrrad an die Hauswand und sammelte seine Unterlagen von der Straße auf. Marie bückte sich, um ihm zu helfen.

Moment mal! Marie versuchte, einen Blick auf das Gesicht des Mannes zu erhaschen. War das nicht …? Genau!

»Herr Timonov?«, fragte sie. »Tut mir total leid, dass ich Sie übersehen habe. Es war keine Absicht!«

Oleg Timonov sah auf. »Woher kennst du meinen Namen?«, fragte er verunsichert.

Marie streckte ihm die Hand hin. »Marie Grevenbroich. Ich bin der Ersatzschwan für Anna. Für die Zeit, die Sie sie mit nach Russland nehmen.«

Oleg Timonovs Gesicht hellte sich auf. »Du bist Tänzerin? Und du springst für Anna ein? Schwamm drüber, es ist ja nichts passiert.«

Marie hob eine rote Mappe auf und steckte sie in den Karton. Sie musste die Chance nutzen, mit Herrn Timonov zu sprechen. Kim würde ihr sicher verzeihen, wenn sie ihr gleich erzählte, warum sie zu spät kam.

»Ich bin nicht nur Tänzerin, sondern vor allem Detektivin«, begann Marie. »Und wir untersuchen die seltsamen Vorkommnisse um Lara Semova. Sie hat uns damit beauftragt.«

»Uns? Wer ist uns …?« Herr Timonov sah Marie so verwirrt

an, als hätte sie ihm eben mitgeteilt, dass Maulwürfe Pirouetten drehen können.

»Ich und meine beiden Mitausrufezeichen, äh … ich meine, Mitdetektivinnen«, erklärte Marie, zog zum dritten Mal in dieser Woche eine Visitenkarte aus der Tasche und überreichte sie dem Choreografen.

Oleg Timonov betrachtete die Karte, schmunzelte, grinste breit und begann dann herzhaft und sehr laut zu lachen.

»Darf ich fragen, was Sie an unserer Karte so witzig finden?«, fragte Marie und legte den Kopf schief.

»Ich finde sie nicht komisch. Ich finde sie äußerst beruhigend. Ich dachte, Lara ist vor lauter Angst verrückt geworden, als sie heute sagte, nur drei Ausrufezeichen könnten sie noch retten. Jetzt weiß ich, dass sie euch damit meinte!«

»Ach so!« Marie grinste auch. Gleichzeitig überlegte sie fieberhaft, wie sie Oleg Timonov geschickt ausquetschen konnte. Schließlich befand er sich auf ihrer Verdächtigenliste. Doch sie stand einfach nur da und grinste weiter. Normalerweise hatte Marie keine Probleme, selbstbewusst und eigenständig zu recherchieren. Aber heute war in ihrem Kopf nur Chaos. Wären Kim und Franzi doch an ihrer Seite!

»Geht es … äh … wie geht es Lara denn?«, hörte sie sich schließlich fragen.

Im selben Moment wurde ihr klar, dass Herr Timonov genau diese Frage ja schon beantwortet hatte.

»Sie ist total durch den Wind«, erzählte Herr Timonov. »Vor allem, seit sie die kleinste der Holzpuppen unter ihrer Bettdecke gefunden hat. Die war allerdings nicht zerbrochen, sondern bekritzelt. ›SO NICHT!‹, war darauf geschrieben.«

Marie erschrak. »Das bedeutet, dass der Täter in ihrer Wohnung gewesen ist!«

»Genau das«, meinte Oleg Timonov. »Und seitdem kann sie keinen Moment mehr alleine sein. Wir wechseln uns ab. Entweder Pamina, Anna oder ich sind bei ihr. Als Anna und ich gestern geprobt haben und Pamina auch keine Zeit hatte, war Bodo für sie da, was ich im Übrigen sehr nett von ihm finde.«

Marie stutzte. Wenn alle Verdächtigen bei Lara ein und aus gingen, hatten auch alle die Gelegenheit gehabt, die Puppe unter die Bettdecke zu legen. Dieser Ansatz brachte sie also nicht weiter.

»Herr Timonov«, versuchte Marie es ein weiteres Mal. »Sie kennen Lara schon sehr lange. Haben Sie eine Idee, wer hinter diesen Anschlägen stecken könnte?«

Oleg Timonov schüttelte den Kopf. »Nein. Es gab es einmal einen Theaterkritiker, Nikolaus Binser, der ständig an Laras Tanzstil herumgekrittelt hat. Aber das ist ewig her, bestimmt schon 15 Jahre oder so. Ich habe das nicht mehr verfolgt und weiß auch gar nicht, ob er noch für die *Neue Zeitung* schreibt.« Oleg Timonov hievte den Karton mit den Unterlagen wieder auf seinen Gepäckträger und schnallte ihn fest. »Es tut mir leid. Ich muss weiter.« Er stieg auf und fuhr schwankend an. »Und falls du wissen willst, wo ich während der Schwanenseevorstellung war: Ich war *in* der Schwanenseevorstellung. Das können meine Sitznachbarn bezeugen. Die waren total genervt, weil ich immer mitgesummt habe und meine Beine nicht stillhalten konnte.« Lachend fuhr er davon.

Marie ärgerte sich. Warum hatte sie ihn das nicht selbst gefragt? Vielleicht hatte sie nicht gefragt, weil sie ihn für unschuldig hielt? Möglich. Eine Sache war ihr allerdings aufgefallen. Warum war Oleg Timonov so gut gelaunt? Schließlich traute sich seine angeblich beste Freundin vor lauter Angst nicht mehr aus dem Haus. Besonders mitfühlend war das nicht! Nachdenklich sah sie dem berühmten Ballettmeister nach, wie er die Käfergasse entlangschlingerte. Das schwere Paket brachte ihn immer wieder aus dem Gleichgewicht.
PLATSCH! Eine der Mappen war erneut aus dem Karton gerutscht und auf den Boden gefallen.
»Herr Timonov«, rief Marie und rannte zu der Stelle, an der die Mappe lag. Ein paar Bilder waren herausgerutscht. »Sie haben etwas verloren!«
Ohne zu reagieren, fuhr Oleg Timonov weiter.
Marie hob die Bilder mitsamt der Mappe auf. Es waren Szenenfotos aus Ballettaufführungen. Lara in blauem Tutu tanzte in einem Wald aus rot-weißgestreiften Zuckerstangen. Marie kannte das Stück. Das war der *Nussknacker* und Lara verkörperte die berühmte Zuckerfee. Wie jung Lara auf dem Foto aussah! Marie drehte das Bild um. *Winter 2001,* stand darauf. Marie lächelte und steckte die Fotos zurück in die Mappe. Sie würde sie Oleg zurückgeben, wenn sie ihn wiedertraf. Dann klappte sie den Papierdeckel der Mappe zu und erstarrte. So unschuldig war der Ballettmeister vielleicht doch nicht! Der Deckel war über und über voll mit schwarzen Tintenflecken …

Erste-Hilfe-Maßnahmen

Marie trat in die Pedale, als wäre der Teufel hinter ihr her. Sie wollte so schnell wie möglich bei Kim sein und mit ihr sprechen. Die Ereignisse der letzten Stunden waren ganz schön heftig gewesen. Und verwirrend. Und Kim war nun mal die Beste, wenn es um verworrene, festgefahrene Situationen ging. Noch schöner wäre es gewesen, wenn auch Franzi dabei gewesen wäre. Aber Marie verstand natürlich, dass sie Zeit mit ihrem Freund verbringen wollte.
Marie bog in Kims Straße ein, raste an den gepflegten Vorgärten der Reihenhaussiedlung entlang und bremste quietschend vor dem Haus der Familie Jülich. Sie stellte ihr Rad neben die Räder der Zwillinge und klingelte.
Kim öffnete mit hochrotem Kopf die Tür. Sie trug ein graues T-Shirt in Übergröße und schwarze, unförmige Jogginghosen, die zu allem Überfluss auch noch ein Loch am Knie hatten. Oje. Plötzlich fiel es Marie siedend heiß ein. Das Hip-Hop-Training! Kim hatte versucht, für morgen zu trainieren. Marie hatte für einen Moment total vergessen, dass sie zu Kim kommen wollte, um *sie* zu trösten, nicht umgekehrt.
»Gut, dass du da bist«, sagte Kim unglücklich. »Du musst mir unbedingt helfen.«
Marie nahm Kim in den Arm und drückte sie fest an sich. »Das trifft sich prima«, antwortete sie. »Du musst mir nämlich auch unbedingt helfen.«

»Ich bin sprachlos«, sagte Kim und ließ sich in ihren Sessel fallen. »Und er hat nicht versucht, dich zu erreichen?«
»Nö.« Marie kämpfte mit den Tränen. »Holger hat unsere Verabredung einfach vergessen.« Sowenig Marie heute am Telefon über ihre enttäuschten und gekränkten Gefühle hatte sprechen wollen, so schnell und wie ein Wasserfall waren die Worte nun einfach so aus ihr herausgesprudelt. Kim hatte einfach nur zugehört und ab und zu ihre Hand gedrückt. Doch Marie merkte, dass ihre Freundin ebenso ratlos und wütend war wie sie selbst.
»Vielleicht hat er sich im Tag geirrt?«, schlug Kim vor. »Das kann ja mal vorkommen ...«
Marie zog ihr Smartphone aus der Tasche und rief die Nachrichten von Holger auf. »Klingt nicht sehr zweideutig, oder?«
Kim überflog die Nachricht. »Nein«, gab sie zu. »Aber hast du gesehen, dass du zehn verpasste Anrufe hast?«
Marie griff sich das Handy und löschte die Anrufe. »Das ist eine unbekannte Nummer. Das nervt!«, sagte sie. »Holger ist das nicht. Er hat einen speziellen Klingelton und sein Name würde auf dem Display erscheinen.«
»Du hast Holgers Klingelton beibehalten?«, fragte Kim vorsichtig. »So ganz hattest du ihn also noch nicht aus deinem Leben verbannt, oder?«
»Aus meinem Leben schon«, knurrte Marie. »Nur eben nicht aus meinem Handy. Aber weißt du was? Das mache ich jetzt. Ich will mit dem Typen nichts mehr zu tun haben.«
Entschlossen hackte sie mit dem Finger auf dem Smartphone herum. Dann ließ sie es unsanft in die Tasche fallen. »So, das hätten wir! Ich habe Holger aus meinem Telefon geworfen.

Und aus meinem Herzen.« Warum hatte sie das eigentlich nicht schon lange getan? Marie konnte es sich selbst nicht recht erklären.

»Hoffentlich bereust du diesen Schritt nicht«, meinte Kim besorgt. »Falls du es dir anders überlegst: Ich habe seine Nummer noch gespeichert!«

Marie stützte den Kopf in die Hände und schloss für einen Moment die Augen. Es war richtig gewesen, Kim alles zu erzählen. Der Redewasserfall hatte die trübsten Flecken auf ihrer Seele weggespült. Nicht alle, aber es ging ihr deutlich besser. Und nun würde sie Kim helfen. »Kennst du eigentlich den Film *Honey*?«, fragte sie.

Kim schüttelte den Kopf.

Marie holte eine DVD aus ihrem Rucksack. »Dann wird es aber höchste Zeit! Den sehen wir uns jetzt als Vorbereitung für morgen an. Ich garantiere dir, der macht so viel Lust auf Hip-Hop, dass du dich direkt für einen Kurs bei Bodo anmelden wirst!«

Sie machten es sich auf Kims Bett bequem und Marie schob die DVD ins Laufwerk. Als die eingängige Musik des Musicalfilms startete, wurde ihr bewusst, dass sie vergessen hatte, Kim von der Begegnung mit Oleg Timonov zu erzählen. Zu blöd. Sollte sie jetzt noch einmal den Film stoppen? Marie sah Kim an, die mit großen Augen das Geschehen auf dem Bildschirm verfolgte. Nein, heute keine Fallbesprechung mehr, entschied sie. So brennend neue Informationen hatte sie schließlich nicht gewonnen. Der Bericht konnte warten: auf morgen und auf Franzi.

Kim kam als Erste. Mit hängenden Schultern betrat sie die Garderobe.

Marie kam auf sie zu. »Du weißt doch, in der letzten Reihe kann dir gar nichts passieren. Spüre einfach die Musik und lass deine Beine und Arme machen«, versuchte Marie Kim zu ermutigen.

»Du hast leicht reden. Bei dir machen die Arme und Beine immer was Schönes«, antwortete Kim. Sie seufzte. »Aber was tut man nicht alles, um in einem Fall weiterzukommen. Und um einen reißerischen Artikel schreiben zu können. Ich werde meinen Horrortrip in die Tanzwelt nämlich journalistisch ausschlachten. Natürlich ohne meinen Namen preiszugeben. Ich möchte ja nicht, dass Sebastian denkt, ich sei unsportlich.«

»Gute Idee«, pflichtete Franzi Kim gut gelaunt bei. »Hallo, ihr beiden! Ich freu mich richtig auf die Stunde. Bestimmt lerne ich ein paar Sachen, die ich beim Skaten brauchen kann.« Sie schlüpfte aus ihrer Jeans und zog eine weite Basketball-Trainingshose an, die ihr bis über die Knie reichte. »Wie war dein Treffen mit Holger?«, fragte sie Marie arglos.

Marie schluckte. »Erzähle ich dir gleich. Aber ich wollte euch zuerst noch in Sachen ›Sterbender Schwan‹ sprechen. Das soll aber möglichst niemand mitbekommen. Lasst uns da reingehen, da sind wir ungestört.« Sie zog Kim und Franzi zum Mädchenklo.

Eine Viertelstunde später öffnete sich die Klotür wieder und die drei !!! kamen mit rotem Gesicht heraus. »Im Juli sind winzige Besprechungsräume einfach zu vermeiden«, sagte

Franzi. »Ich bin total durchgeschwitzt, ohne einen einzigen Schritt getanzt zu haben.«

»Zumindest konnte uns niemand hören!« Kim wedelte sich mit einem Stück Klopapier Luft zu. »Und ich finde, Marie hat das richtig gut gemacht. Ich weiß, du bist mit deiner Befragung nicht zufrieden. Aber du hast einen entscheidenden Hinweis gewonnen. Prima.«

»Also, ich weiß nicht«, meinte Marie. »Ich kann einfach nur zu meiner Entschuldigung sagen, dass mich die Sache mit Holger total durcheinandergebracht hat.«

»Kein Wunder. Niemals hätte ich gedacht, dass Holger euer Treffen vergisst. Das tut mir so leid. Alles hat so romantisch begonnen …«

Marie nickte traurig. »Und jetzt hört es eben ganz unromantisch auf. Aber diesmal für immer!«

»Keine Angst, meine Schönen!«, tönte jemand hinter Franzi. »Nun kommt das Romantischste, was die Welt jemals hervorgebracht hat.«

Marie kicherte.

Blake kam mit seinem Rennrolli in die Garderobe geschossen, fuhr auf einem Rad um Franzi herum und kam mit einer Vollbremsung zum Stehen. »Überraschung!«, rief er dabei. »Ich dachte, ihr könntet ein wenig Unterstützung bei eurem Training gebrauchen.«

Marie freute sich, Blake zu sehen. Er war immer gut gelaunt und hatte für jede Gelegenheit einen witzigen Spruch parat. Vor ein paar Jahren hatte er einen schlimmen Reitunfall gehabt und saß seitdem im Rollstuhl. Was ihn allerdings nicht daran hinderte, jede erdenkliche Art von Sport zu machen.

In letzter Zeit hatte er das Chairskating für sich entdeckt – eine Sportart, bei der Rollstuhlfahrer in Halfpipes die verwegensten Kunststücke vollführten. Blake hatte Franzis Herz im Sturm erobert und seit einiger Zeit waren sie ein Paar. Marie gönnte ihrer Freundin dieses Glück von Herzen. Aber es tat weh zu sehen, dass Blake Himmel und Erde in Bewegung setzte, um mit Franzi zusammen sein zu können. Und Holger? Tja, der vergaß sogar ein Zweier-Date, das er selbst vorgeschlagen hatte …

Doch Franzi schien von Blakes Überraschung wenig begeistert zu sein. Ihre Lippen wurden schmal und ihre Augen funkelten wütend. »Was machst du hier?«, fuhr sie ihn an. »Ich habe dir gestern gesagt, dass ich die Tanzsache mit Kim und Marie alleine machen möchte.«

Blake machte einen Schmollmund und setzte einen bettelnden Hundeblick auf: »Ich will aber sooooo gerne mitmachen«, sagte er. »Außerdem kann ich bestimmt ein paar Moves fürs Chairskating gebrauchen.«

»Das ist total unfair.« Franzi ließ sich nicht erweichen. »Ich kann dir nicht verbieten, mit in die Stunde zu kommen, aber ich möchte es nicht. Ich will einfach nicht … ich will … ach, ich weiß auch nicht. Mach doch, was du willst!« Sie drehte sich um und stapfte in den Tanzsaal, den Bodo gerade von innen öffnete.

»Wisst ihr, was in Franzi gefahren ist?«, fragte Blake und sah Kim und Marie erschrocken an. »Gestern Abend war nämlich alles noch in bester Ordnung.«

Kim zuckte mit den Schultern. »Keine Ahnung. Ich fände es ziemlich gut, wenn du mitmachst. Dann gucken alle nur

darauf, wie cool du tanzt, und niemand achtet mehr auf mich.«
»Ich weiß es wirklich auch nicht. Ich finde deine Aktion süß. Besprecht das lieber nachher zu zweit«, sagte Marie. Sie war selbst über Franzis Reaktion ein wenig verblüfft. Warum war sie so ausgerastet? Vielleicht hatte es etwas mit dem Phänomen zu tun, das Kim beschrieben hatte? Wenn Blake da war, schienen alle anderen in den Hintergrund zu treten. Er war wie ein Magnet, auf den sich automatisch alle Augen richteten. Marie konnte nicht genau sagen, was es war: Aber es ging ihr auch so. Sobald man Blake sah, wünschte man sich, ihn zum Freund zu haben.
»Dann verschwinde ich jetzt besser.« Blake ließ die Hände an den Griffen des Rollstuhls entlanggleiten. »Oder habt ihr einen anderen Vorschlag?«
Marie legte Blake die Hand auf die Schulter. »Bestimmt ist das alles nur ein Missverständnis.«
»Iss irgendwo ein Eis und warte nach der Stunde auf Franzi. Dann könnt ihr die Sache in Ruhe klären«, schlug Kim vor. »Aber mach dir keine Sorgen. Wenn Franzi von dir spricht, bekommt sie immer einen ganz verzückten Blick und kann nicht mehr aufhören zu schwärmen und zu grinsen.« Sie zwinkerte Blake zu.
Maries Gesichtszüge froren ein. Hatte Kim das gerade wirklich gesagt? »He, so was verrät man nicht. Das ist oberpeinlich!«, wisperte sie.
Kim sah sie verständnislos an. »Wieso? Stimmt doch. Ich wollte nicht, dass Blake denkt, Franzi liebt ihn nicht mehr oder so …«

»Pschttt! Du machst die Sache gerade nicht besser!« Marie rollte mit den Augen.
Blake lächelte matt. »Bitte zankt euch nicht. Ich hab das schon richtig verstanden. Danke, Kim. Ich mache es so, wie ihr sagt, und werde einfach wiederkommen. Hoffentlich klärt es sich nachher auf.« Blake rollte mit hängendem Kopf in einem für ihn völlig untypisch langsamen Tempo aus dem Tanzstudio.
»Schade, da rollt sie hin, meine Rettung vor dem unausweichlichen Peinlichkeitstod«, seufzte Kim.
Marie hakte sich bei ihrer Freundin unter und grinste sie an. »Bevor dich dieses Schicksal ereilt, wollen wir aber noch mal so richtig tanzen!«

Richtig hip und unglaublich hop!

»Kommt rein«, rief Bodo gegen die laut wummernde Musik an. »Wir beginnen mit dem Warm-up!«
Marie und Kim stellten sich zu Franzi in die letzte Reihe. Normalerweise stand Marie weiter vorne, damit sie ihre Bewegungen im Spiegel gut überprüfen konnte, aber sie verstand es, dass Franzi und Kim sich beim ersten Mal weiter hinten wohler fühlten. Sie machte es Bodo nach und verlagerte ihr Gewicht von einem Bein auf das andere und streckte die Arme gegengleich nach vorne. Dann lächelte sie Kim, die wie versteinert dastand, aufmunternd zu. »Warum machst du nicht mit? Das ist ganz leicht!«
»Das lass ich aus. Warm bin ich schon«, antwortete Kim und deutete auf die Schweißperlen auf ihrer Stirn.
»Aber nicht alle Muskeln, die du gleich brauchen wirst. Außerdem kommst du so gut in den Groove.«
Kim begann, von einem Bein auf das andere zu treten, als ob sie ganz dringend aufs Klo musste. Dabei schlenkerte sie mit den Armen.
Marie streckte den Daumen nach oben und lächelte wieder. Immerhin, das war ein Anfang!
Franzi dagegen war ein Naturtalent. Der Rhythmus schien einfach so in ihren Körper zu schlüpfen und ihr die Bewegungen zu diktieren. Bei jedem neuen Tanzschritt, der der einfachen Abfolge hinzugefügt wurde, strahlte sie ein wenig mehr. Das fiel auch Bodo B. Boost auf. »Wunderbar!«, rief er. »Du, in der Basketballhose, wie heißt du?«

Doch Franzi war so vertieft, dass sie die Frage überhörte.
»Sie heißt Franzi«, antwortete Marie für sie.
Als Franzi ihren Namen hörte, wachte sie aus ihrer Tanztrance auf. »Wie bitte? Was? Hab ich was falsch gemacht?«
Bodo lief breitbeinig auf sie zu und ließ wie nebenbei seine Armmuskeln spielen. »Im Gegenteil. Du bist super. Wenn du magst, kannst du gleich zu den Fortgeschrittenen!«
»Mal sehen«, sagte Franzi und wurde noch röter, als sie es vor Anstrengung eh schon war. »Eigentlich wollte ich nur so eine Art Fortbildung fürs Skaten machen. Aber das war, bevor ich wusste, dass das hier so großen Spaß macht.«
»Überleg es dir«, sagte Bodo. »Du hast Talent. Bist jederzeit willkommen bei mir.«
Dann hob er den Arm und ging zurück zum Spiegel.
»Uuuund weiter!«, rief er. »Slide rechts, Slide links, Turn und BOOOM!«
Marie folgte den Anweisungen und sah aus dem Augenwinkel, dass Kim das Gleiche tat. Und zwar mit Körperspannung und im richtigen Takt.
»Hey, cool. Das muss ich festhalten.« Marie griff sich das Smartphone aus ihrer Sporttasche und filmte Franzi und Kim.
Kim protestierte nicht einmal, sie tanzte einfach weiter. Nicht so geschmeidig und fehlerfrei wie Franzi, aber immer sicherer. Sie lächelte sogar in die Kamera.

»Ich war in meinem ganzen Leben noch nie so fertig«, japste Kim und hielt sich an der Ballettstange fest. »Du hättest ja mal sagen können, dass eine Stunde in der Hip-Hop-Spra-

che einhalb bedeutet!« Sie nahm die Wasserflasche, die Franzi ihr reichte, und trank in großen Schlucken. »Dann hätte ich mir meine Kraft besser eingeteilt.«
»Stretching gehört einfach dazu. Und dann kommt noch der Cool-down«, erklärte Marie fachmännisch.
»Der Cool-down hat bei mir nichts bewirkt«, meinte Kim. »Ich schwitze. Kühl ist überhaupt nichts.«
»Wird schon wieder«, sagte Franzi. »Ich finde es toll, dass du es durchgezogen hast.«
Marie streckte die Hand nach vorn. »Ein wenig Extra-Power gefällig?«
»Aber klar doch!« Franzi legte ihre Hand auf Maries. Kim folgte als Dritte. Gemeinsam riefen sie: »Die drei !!!.«
Kim sagte: »Eins!«, Franzi »Zwei!« und Marie folgte mit »Drei!«.
Dann riefen sie aus voller Kehle: »Power!!!«, und warfen dabei die Arme nach oben.
Sofort machte sich ein kribbeliges Gefühl in Marie breit. Eine Mischung aus neuer Energie und Freude darüber, dass sie die besten Freundinnen auf der ganzen Welt hatte!
»Darf ich mitmachen?« Bodo B. Boost kam auf sie zu. Um die Schultern hatte er ein Handtuch gelegt.
»Äh, das geht nicht. Unser Freundinnen-Ritual funktioniert nur bei uns«, erklärte Marie. »Ein Extra-Energie-Kick für schlappe Momente.«
»Nun ist mir klar, warum ihr hier die Bude rockt. Ihr benutzt unerlaubte Aufputschmittel!«, sagte Bodo gespielt entrüstet.
Marie kicherte. »Es ist nicht verboten, freundinnenglücklich zu sein.«

»Und detektivglücklich«, fügte Kim an. »Deswegen sind wir nämlich eigentlich da. Du hattest versprochen, uns heute ein paar Fragen zu den schrecklichen Drohungen zu beantworten, denen Lara Semova in den letzten drei Tagen ausgesetzt war.«

»Wenn ihr glaubt, dass ich euch irgendwie weiterhelfen kann, gerne.«

Sichtlich geschmeichelt setzte er sich in einer Art Denkerpose auf einen Stuhl neben den Musikboxen. Dabei stellte er sicher, dass sein muskulöser Oberkörper gut in Szene gesetzt war.

Meine Güte, dachte Marie. Musste Bodo sich so lächerlich benehmen? Was Franzi und Kim wohl in diesem Moment dachten? Bestimmt fanden sie Bodo auch ziemlich seltsam.

»Du kannst uns sogar ganz sicher helfen. Zuerst einmal, indem du uns sagst, warum du schwarze Flecken an den Händen hast«, sagte Kim und nahm damit die Rolle der sachlichen Detektivin ein.

Erfolgreich, denn Bodo wirkte mit einem Schlag wie ein kleiner Junge, der etwas angestellt hatte. Er besah sich seine großen Hände und wendete sie hin und her. »Ich drücke immer zu fest auf beim Schreiben. Normalerweise benutze ich Kugelschreiber, aber gestern habe ich nur den Füller gefunden. Und dann ist es passiert. Die ganze Tinte ist ausgelaufen. Schrubben hat nur ein bisschen geholfen.« Bodo starrte weiter unglücklich auf seine Hände. Dann fischte er einen von Tinte verschmierten Füller aus seiner Trainingstasche und hielt ihn hoch. »Das ist der Übeltäter. Ich muss die Feder wohl austauschen lassen ... Aber warum ist das denn so wichtig? Jagt ihr einen Tintenkiller, oder was?«

Marie musste sich anstrengen, um nicht loszuprusten. Bodo selbst blieb allerdings ernst.

Kim ließ sich nicht beirren. »In letzter Zeit ist die Stimmung hier im Tanzstudio nicht mehr gut – es gibt häufig Streit. Was ist der Anlass der Unstimmigkeiten zwischen Lara und dir?«

Die Frage kam wie aus der Pistole geschossen. Kim war nun voll in Fahrt.

Weiter so, dachte Marie. Bald ist er weichgeklopft und gesteht unter Tränen, dass er der Täter ist.

»Das ist kein großes Geheimnis. Wir streiten uns jeden Tag um die Raumverteilung. Meine Hip-Hop- und Modern-Dance-Klassen laufen richtig gut und eigentlich bräuchte ich immer den großen Saal. Aber Lara besteht darauf, dass wir uns abwechseln. Es ist immer das Gleiche.«

»Und warum mietest du dir nicht ein eigenes Studio, wenn du so erfolgreich bist?«, fragte Franzi.

»Ich will das nicht riskieren. Wer weiß, wie lange der Trend anhält. *Dance along* wurde auch nach der dritten Staffel abgesetzt.« Bodo zuckte mit den Schultern. »Fernsehen … Heute ein Star und morgen ist man vergessen.«

»Kann ich verstehen, dass du da eher vorsichtig bist«, meinte Marie. Sie kannte die Fernsehwelt sehr gut, da ihr Vater seit Jahren den Kommissar Brockmeier in der berühmten Serie *Vorstadtwache* spielte.

Bodo setzte eine geheimnisvolle Miene auf. »Ich will euch noch einen Grund verraten. Aber ihr müsst mir versprechen, dass ihr das für euch behaltet: Ich finde das klassische Ballett richtig gut. Auch wenn ich immer so getan habe, als wäre

diese Form von Tanz total uncool. Stimmt aber nicht. Nur meinten die vom Fernsehsender, es passe nicht zu meinem Image, wenn ich mich fürs Ballett begeistere. Aber nachdem die Sendung abgesetzt wurde, interessiert mich deren Meinung nicht mehr. Basta! Ich will Lara morgen fragen, ob wir unseren kleinen Streit beilegen können und ich bei ihr Unterricht nehmen darf. Vielleicht traut sie sich dann wieder ins Studio. Es tut mir wirklich leid, was ihr passiert ist.«
»Du wünschst dir also, dass sie wiederkommt?«, fragte Kim misstrauisch. »Ohne sie hättest du doch freie Bahn und könntest deine Kurse im großen Saal abhalten.«
»Je früher sie wieder da ist, desto besser«, meinte Bodo B. Boost bestimmt. »Klar, ich muss mich grade nicht um den Saal streiten … Aber habt ihr mal meinen Schreibtisch gesehen? Ich hasse diesen Papierkram. Durch meine Kurse kommt mehr Geld in die Studiokasse und im Gegenzug helfen mir Lara und Pamina bei den Rechnungen und der Steuer. Ohne die beiden bin ich total aufgeschmissen.«
Kim nickte. »Vielen Dank«, sagte sie. »Du hast uns wirklich weitergeholfen.«
»Hat Spaß gemacht mit euch.« Bodo lächelte. »Und wenn ihr mal keinen Fall habt, dann kommt doch zu einem Tanzworkshop!«
»Gerne«, sagte Kim.
Huch! Marie sah ihre Freundin von der Seite an. Das war ja was ganz Neues!
Sie packten ihren Tanzkram zusammen. Bodo lehnte an der Stange und dehnte die Rückseite seiner Beine. Dabei stieß er an den Beistelltisch, auf dem sein Rucksack lag. KLOCK!

Eine kleine Figur fiel heraus und rollte zum Spiegel. Nervös blickte sich Bodo um und Marie beobachtete, wie er den Gegenstand blitzschnell wieder im Rucksack verschwinden ließ.

»Das war eine der Matrjoschkas. Ganz sicher!« Marie stemmte die Hände in die Seite. »Er plant noch einen Anschlag!« Kim zog sie vom Eingang des Tanzstudios weg. »Nicht hier. Bodo könnte uns hören!«
»Oder Blake«, sagte Franzi genervt und deutete auf ihren Freund, der in vollem Tempo auf sie zuraste.
»Wer mag ein Eis?« Blake grinste breit. Er balancierte eine Familienpackung Chocolate-Chip-Eis auf den Oberschenkeln. Dann griff er in seinen Rucksack und fächerte vier Löffel auf. »Wie vier Ausrufezeichen«, sagte er stolz und überreichte Kim den orangefarbenen Löffel, Franzi den lilafarbenen und Marie den grünen. »Und ich bin heute das blaue Ausrufezeichen.« Er öffnete die Eisbox und kratzte sich einen Riesenbrocken heraus. »Köschtlisch«, nuschelte er.
Franzi rammte ihren Löffel ins Schokoladeneis. »Mir reicht es«, knurrte sie. »Schon wieder dreht sich alles nur um dich. Blake, der Super-Rennrollifahrer, Blake, der witzige Eismann, Blake, das vierte Ausrufezeichen! Mir ist das alles zu viel. *Du* bist zu viel. Zu gut gelaunt, zu charmant, zu ALLES!« Sie wandte sich ab. Wuttränen rannen ihr über die Wangen. Blake sah Franzi erschrocken an. »Können wir reden?«, fragte er.
»Ich habe zu tun«, entgegnete Franzi barsch. »Wir müssen einen Fall lösen, schon vergessen?«
Kim nahm Blake die Eisschachtel vom Schoß. »Geht ruhig.

Wir werden aus unserer Besprechung ganz einfach eine Nachbesprechung machen. Nämlich nachher. Ihr sprecht euch in Ruhe aus und Marie und ich werden in der Zwischenzeit dieses Eis vernichten.«

Filmbeweise

Geheimes Tagebuch von Kim Jülich
Dienstag, 19:26 Uhr
Achtung! Achtung! Seit der Hip-Hop-Stunde heute beherrsche ich Bein-Kicks, von denen ich nicht einmal wusste, dass sie anatomisch möglich sind. Wenn euch euer Sitzfleisch lieb ist, Ben und Lukas, haltet euch bloß von meinem Tagebuch fern!!!!
Mir ist gerade das Peinlichste passiert, was passieren kann. Und das will was heißen, denn mein Tag war bisher nicht gerade sparsam an peinlichen Situationen (ich sage nur: Hip-Hop bei Bodo B. Boost!).
Meine Mutter (!) hat mich zur Seite genommen und gefragt, ob ich frisch verliebt sei.
Ich wusste im ersten Moment nicht, ob ich lieber schreiend davonlaufen soll oder ganz einfach in der Sofaritze verschwinden und nie wieder auftauchen sollte. Beides habe ich nicht gemacht, sondern stand einfach nur da wie ein Stein.
Dann hat sie mein Schreibideenbuch (ein Buch mit leeren Seiten, das mir David, der Junge, der im Schreibworkshop neben mir sitzt, geschenkt hat) hochgehalten und auf ein hingekritzeltes Herz gedeutet, in dem Sebastian *stand. Sie hat mich dabei mit so einem Mutterblick durchbohrt und mit so einer übertrieben ruhigen Stimme gesagt, dass sie sich große Sorgen um mich macht. Sebastian sei doch schon ein erwachsener Mann und blablabla…*
Ahhhhh! Ich Doppel-Dödel. Erstens hab ich beim Überlegen am

ersten Satz für meinen Romananfang ganz unterbewusst dieses Herz hingemalt. Und zweitens lass ich das Buch auch noch offen im Wohnzimmer liegen! Geschieht mir eigentlich recht. Mann, Mann, Mann!
Ich hab ihr dann das Buch aus der Hand genommen und gesagt, dass sie das überhaupt nichts angeht. Und bin in mein Zimmer gestürmt.
Jetzt denkt sie bestimmt wer weiß was. Dabei will ich doch überhaupt nicht, dass wir ein richtiges Paar werden. Glaube ich. Ich finde Sebastians Art einfach so klasse und er ist ein genialer Journalist. Er ist eher wie ein leuchtendes Vorbild. Und ja, zugegeben: ein sehr süßes leuchtendes Vorbild.
Na ja. So wie es aussieht, ist das Liebesglück der drei !!! im Moment ziemlich kompliziert.
Franzi ist wütend auf Blake, weil sie das Gefühl hat, dass er einfach immer im Mittelpunkt stehen will. Und das nervt sie in letzter Zeit immer mehr. Sie weiß einfach nicht, was nur fröhliche Maske ist und was »echter« Blake. Ein bisschen kann ich sie schon verstehen. Es ist fürs eigene Selbstbewusstsein bestimmt nicht so nett, wenn immer ein strahlender Stern neben einem ist, dem die Herzen nur so zufliegen. Sie haben sich aber ausgesprochen, hat Franzi erzählt, und Blake hat ihr versprochen, ein paar Gänge zurückzuschalten und nicht immer einfach nach vorne zu preschen.
Und Marie und Holger?
Ich muss gestehen, ich war total sauer auf Holger, als Marie mir ihr Herz ausgeschüttet hat.
ABER: Irgendetwas in mir hat sich gesträubt zu glauben, dass er so fies ist. Und TATA! Er hat mich vorhin angerufen und mir

die ganze Sache erklärt. Marie wird staunen, wenn sie erfährt, was wirklich passiert ist. Allerdings wird das noch etwas dauern. Ich musste ihm hoch und heilig versprechen, dass ich ihr nicht sage, was er vorhat. Ich habe keine Ahnung, ob ich das Richtige mache ... Aber ich glaube, Holgers Idee ist fantastisch ;-) Und ich will, dass Marie wieder glücklich ist ...

<u>*Detektivtagebuch von Kim Jülich*</u>
<u>*Dienstag, 19:58 Uhr*</u>
Wir haben uns vorhin noch lange beraten. Und selten waren wir so unschlüssig. Es gibt einfach kein wirkliches Motiv! Wir haben Hinweise, dass es Oleg Timonov gewesen sein könnte: Er kennt Lara gut, er hatte die Gelegenheit, die beschmierte kleinste Matrjoschka-Puppe bei ihr zu Hause zu platzieren, UND die Mappe, die er verloren hat, war voll von schwarzen Tintenklecksen.
Bodo B. Boost ist völlig undurchschaubar. Erst dachten wir, sein Motiv könnte sein, Lara mit den Drohungen aus dem Studio zu ekeln. Aber bei der Befragung klang es glaubwürdig, dass er kein Interesse daran hat, sich geschäftlich von ihr zu trennen.
Und die schwarzen Hände? Er wurde gar nicht nervös, als ich ihn darauf angesprochen habe. Und er hat gleich den kaputten Füller als Gegenbeweis aus der Tasche gezaubert. Kurz habe ich gedacht, dass wir ihn von der Verdächtigenliste streichen können, aber dann hat Marie gesehen (sie sagt, sie ist sich ganz sicher – Franzi und ich haben leider in diesem Moment nicht hingeschaut), wie ihm eine der Matrjoschka-Hüllen auf den Boden gefallen ist. BÄNG! Nun steht er wieder ganz oben auf der Liste.

Anna und Pamina? Ich kann mir beim besten Willen nicht vorstellen, was sie mit der Sache zu tun haben könnten. Pamina ist so etwas wie die gute Seele des Studios, Laras rechte Hand und Annas Kindermädchen in einem. Ich habe das Gefühl, sowohl Lara als auch Anna können sich das Leben ohne sie gar nicht mehr vorstellen. Und Anna? Die finde ich echt nett und Marie mag sie auch … Das ist zwar kein Unschuldsbeweis, aber es gibt auch nichts, was gegen sie spricht.
Mein Gefühl sagt mir, dass wir uns näher mit Herrn Timonov befassen sollten. Und das möglichst bald!

»Danke, dass ihr gekommen seid«, sagte Marie. Sie saß im Bademantel auf dem Sofa. Ihre Füße steckten in einer kleinen Plastikwanne mit heißem Wasser, dem der Duft von Rosmarin und Wacholder entströmte. »Die Probe heute war besonders lang und heftig. Ich kann mich überhaupt nicht mehr bewegen.«
»Kein Problem«, antworteten Kim und Franzi gleichzeitig. »Bei mir ist die Hölle los.« Kim und Franzi sahen sich an. »Bei dir auch?«, fragten beide.
»Du fängst an«, sagte Franzi kichernd.
»Alle drehen gerade durch. Supernervig«, meinte Kim. »Mein Vater ist die ganze Zeit in der Werkstatt und baut Kuckucksuhren. Seit dieser *Cuckoos & Roses*-Sonderedition denkt er sich die verrücktesten Themen-Uhren aus und ist überhaupt nicht mehr ansprechbar.«
Maries Augen begannen zu strahlen. Die Kuckucksuhr, die Herr Jülich im Zuge eines der letzten Fälle entworfen hatte, war einfach umwerfend gewesen. »Das ist total cool. Kann

man auch gezielte Wünsche äußern?« Sie hatte sofort eine Idee für eine spezielle Marie-Kuckucksuhr im Kopf: Statt eines Kuckucks würde eine Ballettänzerin mit rosafarbenem Tutu nach vorne fahren. Und sich so oft drehen, wie die Stunde geschlagen hatte.

»Keine Ahnung. Wie gesagt, wir sehen ihn kaum.« Kim zog die Nase kraus. »Mein Nervibruder Lukas schiebt total die Krise, weil der andere Nervibruder Ben vom Fußballtrainer viel mehr gelobt wird als er. Und jetzt möchte er sich ein neues Hobby suchen und fragt dabei *mich* um Rat. Er hat sich sogar nach meiner Hip-Hop-Stunde bei Bodo B. Boost erkundigt. Ich frage mich, woher er überhaupt wusste, dass ich da war ...«

Marie konnte sich nicht helfen. Sie fand es süß, dass Lukas mit seinem Problem zu Kim kam. Auch wenn ihr durchaus klar war, dass kleine Brüder nerven konnten. Vor allem, wenn sie im Doppelpack auftraten.

»... und das Beste kommt noch. Meine Mutter hat mich auf Sebastian Husmeier angesprochen. Ich hatte mein Ideen-Buch im Wohnzimmer liegen lassen ...«

»Und?«, fragte Franzi verständnislos.

»Und? Ich ... ich hatte ein Herz gemalt. Mit seinem Namen drin. Und jetzt macht sie sich Sorgen, weil Sebastian über zehn Jahre älter ist ...«

»Kann ich irgendwie verstehen. Beides.« Franzi sah Kim an. »Dass du für ihn schwärmst, aber auch, dass sich deine Mama Sorgen macht.«

»Das braucht sie aber nicht«, erwiderte Kim trotzig. »Und jetzt du!«

»Ach, bei uns steht alles kopf, weil meine Mutter am Wochenende das Kirschenfest im Hofcafé feiern will. Wird bestimmt cool, aber ich krieg den Geruch von frischem Kirschkuchen überhaupt nicht mehr aus meinen Klamotten.«
»Tragisch!« Kim setzte einen ironischen Gesichtsausdruck auf. »Kann mir kaum etwas Schlimmeres vorstellen.«
»Doofe Nuss!«, antwortete Franzi. »Wir können gerne tauschen. Bin gespannt, nach wie vielen Stunden Kirschentsteinen du aufgibst!«
»Okay, wir haben es beide nicht leicht«, räumte Kim ein. »Genießen wir also die wunderbare Ruhe in der Villa Grevenbroich.«
Kim hatte ihren Satz kaum beendet, da brach vor Maries Zimmertür ein infernalischer Krach los.
»Kukkokiekuu, kukkokiekuu!«
Der Lärm schwoll ohrenbetäubend an, nur um dann wieder leiser zu werden.
Kim zuckte zusammen. »Was in aller Welt ist das?«
Marie grinste. »Das ist die wunderbare Ruhe im Hause Grevenbroich. Kennt ihr nicht das wohlklingende finnische Kinderlied vom Hahn?«, fragte sie ironisch. »Nicht nur, dass Sami es Finn beigebracht hat. Nein, er hat es auch noch auf Finns Fernbediene-Biene Trine geladen, sodass mein kleiner Bruder uns jederzeit in den Wahnsinn treiben kann. Gerade rennt er damit den Flur entlang.«
Kim stöhnte. »Okay, okay, okay. Ich korrigiere. Wir *drei* haben es nicht leicht!«
»Dafür seid ihr leicht*füßig*. Und das kann ich beweisen!« Marie schloss ihr Telefon an ihren Laptop an.

»Erbarmen«, seufzte Kim. »Willst du uns wirklich mit meinen nicht vorhandenen Tanzkünsten quälen? Eigentlich dachte ich, ich kann mich beim Clubtreffen entspannen.«
»Kein Grund zur Panik«, sagte Marie und klickte auf das Dreieck. Der Film startete. Marie hatte sich den Clip schon einige Male auf dem kleinen Display des Handys angesehen und war richtig begeistert gewesen. Der größere Bildschirm machte ihn nur noch eindrucksvoller. Sie warf einen Blick zu Kim. Die saß mit offenem Mund da und konnte nicht glauben, was sie sah.
»Das gibt es doch gar nicht«, sagte sie staunend. »Ich bin im Takt und es sieht auch noch … irgendwie gut aus. Hast du an dem Film was getrickst? Die Musik neu unterlegt? Meinen Kopf auf Franzis Körper gesetzt?«
Marie lachte. »Nein, alles echt. Ich befürchte, du wirst dich damit abfinden müssen, dass du dich nie wieder ums Tanzen drücken kannst. Denn sonst ziehe ich diesen Beweisfilm aus der Tasche!« Marie freute sich, dass Kim nun einmal live und in Farbe sah, dass sie nicht so unsportlich war, wie sie immer behauptete.
»Kann ich den Film noch mal sehen?«, fragte Franzi aufgeregt. »Irgendwas stört mich, aber ich komm nicht drauf, was es ist.«
»Möglicherweise die Tatsache, dass Kim besser tanzt als du?« Marie legte den Kopf schief.
»Haha«, antwortete Franzi trocken. »Lass noch mal in Zeitlupe laufen, vielleicht spinn ich ja nur …«
Marie startete den Clip in Zeitlupe und wie vorhin grinsten Franzi und Kim in die Kamera und begannen zur Musik zu

tanzen. Oder besser gesagt: Sie bewegten sich wie lang gezogener Kaugummi zu einem monotonen Brummen, das vorher einmal Musik gewesen war.

»Da, guckt mal!« Kim deutete auf etwas im Hintergrund. »Da schleicht sich jemand ins Büro des Tanzstudios!«

»Du hast recht!«, sagte Franzi. »Das ist es. Kannst du das vergrößern, Marie?«

»Ich kann es zumindest versuchen.« Marie setzte sich und nach ein paar Klicks hatte sie es geschafft: Das Bild war zwar unscharf, aber man konnte deutlich erkennen, wer da die Tür des Büros gezielt aufhebelte, hektisch die Schubladen aufriss und sie durchwühlte!

Marie sog scharf die Luft ein: »Also doch!«, flüsterte sie.

Bilderflut

»Wir wären auch so darauf gekommen«, meinte Kim. »Im Prinzip konnte es nur er sein!«

»Also ich war mir da ganz und gar nicht sicher«, meinte Marie. »Vor allem, nachdem Bodo die Holzpuppe aus der Tasche gefallen war.«

»Moment mal!«, sagte Franzi. »Nur weil er heimlich, still und leise ins Büro schleicht, heißt das noch lange nicht, dass er auch der Täter ist. *Du* warnst uns doch immer vor vorschnellen Urteilen, Kim.«

»Hast ja recht«, gab Kim zerknirscht zu und wuschelte sich durch die kurzen braunen Haare. »Aber mit diesem Tanzlehrer stimmt etwas nicht. Das fand ich von Anfang an. Und jetzt durchwühlt er das Büro? Da ist doch etwas faul!«

»Vielleicht hat Lara ihn um etwas gebeten?«, gab Franzi zu bedenken.

»Ohne Schlüssel und ohne Plan, was er ihr holen soll? Glaube ich nicht«, meinte Kim. »Außerdem passt es zeitlich perfekt. Die Anschläge begannen zwei Tage nach Timonovs Ankunft.«

»An deiner Theorie könnte was dran sein«, überlegte Marie weiter. »Nur mal angenommen, da gibt es irgendeine ungeklärte Sache aus der Vergangenheit. Dann hätte Oleg die perfekte Gelegenheit, sich jetzt dafür zu rächen. Und nebenbei spielt er den netten Onkel für Anna und den aufopferungsvollen Freund von Lara. Er verhält sich so auffällig unauffällig, dass niemand auf die Idee kommt, ihn zu verdächtigen. Niemand – bis auf uns!«

»Hast du ihm die Probenfotos eigentlich schon zurückgegeben, Marie?«, fragte Kim plötzlich.

Marie schlug sich mit der Hand auf die Stirn. Daran hatte sie überhaupt nicht mehr gedacht! »Das hab ich vor lauter Hip-Hop und Schwänchenprobe total vergessen«, gab sie zu.

»Perfekt!« Kim grinste zufrieden. »Dann haben wir einen prima Aufhänger, ihn zu besuchen und noch ein paar Fragen zu stellen.«

Marie lief hektisch zwischen Sporttasche und Schreibtisch hin und her. »So ein Mist. Leider hab ich nicht nur vergessen, die Mappe zurückzugeben, sondern auch, wo ich sie hingetan habe.«

Kim griff gezielt unter das Sofa und hielt etwas fleckiges Gelbes in die Höhe. »Meinst du das hier?«

»Ja, du bist ein Schatz!«, rief Marie erleichtert. »Das ist sie!« Sie schnappte sich die Mappe, griff jedoch daneben, sodass der Papierordner auf den Boden fiel. Fotos flatterten wie fallende Blätter durch die Luft und blieben verstreut über den Boden liegen.

Marie stutzte. Wo kamen die denn auf einmal her? Als sie geguckt hatte, waren in der Mappe höchstens vier oder fünf Aufnahmen gewesen. Merkwürdig.

Sie nahm die Mappe in die Hand und untersuchte sie. Jemand hatte ein dickes buntes Tonpapierblatt auf den Rücken geklebt. Doch der untere Rand war nun aufgeplatzt und dahinter kamen noch eine ganze Reihe neuer Fotos zum Vorschein.

Warum in aller Welt hatte Oleg Timonov diese Fotos verstecken wollen?

»Diese Geheim-Fotos müssen wir uns näher ansehen«, sagte Marie. »Aber erst mal muss ich die Fernbediene-Biene außer Gefecht setzen. Bei dem Gequäke kann ich überhaupt nicht nachdenken!«

Marie öffnete die Zimmertür und ihr kleiner Bruder kam – die Arme nach hinten gestreckt wie die Flügel eines Pinguins – auf sie zugewatschelt. Je näher er kam, desto lauter schepperte die Fernbediene-Biene ihr Lied vom Hahn. Wo war bloß Sami? »Komm mal her, mein Süßer«, sagte Marie.
»Willste ma hööan?«, fragte Finn und hielt Marie das bienenförmige Gerät ans Ohr. »Kukkokiekuu macht der Hahn!« Dabei sah er sie so glücklich an, dass Marie gar nicht anders konnte, als zu nicken. »Ja, Finni, das ist ein ganz tolles Lied, das Sami dir da draufgeladen hat.«
Finn strahlte. »Mahi ist lieb und Sami ist lieb!« Finn konnte schon gut sprechen, nur mit dem Buchstaben »r« hatte er noch Probleme.
»Und du bist süß!« Marie umarmte ihren kleinen Bruder und drückte ihm einen Lipgloss-Knutscher auf die Wange.
»Wo ist Sami denn überhaupt?«
»Aufm Klo. Der kommt gleich.«
»He, Finn. Das sollte doch unter uns bleiben«, rief Sami, der gerade die Treppe heraufkam, lachend. »So etwas verrät man keiner feinen Dame!«
»Mahi ist keine Dame. Mahi ist eine Schwesta«, sagte Finn bestimmt.
Sami zog eine Minipackung Feuchttücher aus der Hosentasche und begann, die Lipgloss-Kussreste von Finns Wange

zu putzen. »Zumindest glitzert sie wie eine! Komm, Finn, lass uns auf den Spielplatz gehen. Das Wetter schreit nach Sonnencreme und Sandkasten.«

Marie wunderte sich mal wieder, wie schnell Sami Deutsch lernte. Nun ja. So lange sie nicht so schnell Finnisch lernen musste, war alles easy. Ihr reichten schon die nervigen Englischvokabeln, die sie jede Woche pauken musste. Aber die Nachricht vom Spielplatz war wunderbar. Dann würden sie die quakende Elektro-Biene auch loswerden. Deshalb sagte sie erleichtert: »Hast recht! Viel Spaß draußen, ihr Finnboys!«

Als Marie wieder ins Zimmer kam, hatten Franzi und Kim alle Fotos in einem Rechteck am Boden ausgelegt und studierten schweigend die Bilder. Marie setzte sich zu ihnen. Es waren ausschließlich Aufnahmen von Ballettproben oder -aufführungen zu sehen. Marie konnte auf den ersten Blick nichts Ungewöhnliches entdecken. Auf den zweiten Blick auch nicht. Die meisten Fotos zeigten Lara oder Oleg, die sich – je nach Rolle – verliebt oder weniger verliebt anblickten. Zwei Fotos zeigten eine andere Tänzerin. Marie nahm sie in die Hand. Es waren Aufnahmen vom Training. Hm, irgendwie kam ihr die Tänzerin bekannt vor. Sie drehte das Bild um und dort stand: *P.F. 2000.* P.F.? Marie sah sich die Tänzerin auf der Vorderseite an. Die Gesichtszüge erinnerten sie an die Assistentin von Lara. Pamina – Pamina Fletscher? Konnte es sein, dass P.F. für Pamina Fletscher stand? Aber wenn das auf dem Foto wirklich Pamina war, bedeutete das, dass sie vor langer Zeit einmal Tänzerin gewesen war.

Und wie es auf diesem Bild aussah, eine sehr gute! Doch warum wusste niemand davon? Und warum hatte Oleg Timonov die Bilder versteckt?

Marie reichte Kim das Foto: »Hier, guck mal. Das ist interessant, oder?«

Kim erkannte Laras Assistentin sofort. »Pamina und Lara waren also einmal Kolleginnen am Theater. Das ist sogar *sehr* interessant und wirft ein ganz neues Licht auf den Fall.«

»Am Theater ist man ja nie nur Kollegin, sondern auch immer Konkurrentin«, überlegte Franzi laut.

Beim Stichwort »Theater« ploppte in Maries Kopf ein Gesprächsfetzen auf. Hatte Oleg Timonov nicht erwähnt, dass Lara früher mal Ärger mit einem Theaterkritiker gehabt hatte? Dem Kulturedakteur der *Neuen Zeitung*. Marie versuchte, sich an den Namen zu erinnern. Irgendwas mit Weihnachten …? Ach ja, nun hatte sie es wieder: Nikolaus Binser. Sie ärgerte sich, dass sie Kim und Franzi nicht schon früher davon erzählt hatte. Dieses Gespräch mit Oleg … das war gründlich schiefgelaufen, denn sie war mit ihren Gedanken die ganze Zeit bei Holger gewesen. Diesem Idioten, der es immer noch nicht für nötig gehalten hatte, sich bei ihr zu melden. Dieser Super-super-super-Idiot, der ihr mal so völlig gestohlen bleiben konnte … Wen interessierte es schon, was dieser Typ tat? Also sie jedenfalls nicht die kleinste Bohne …

»Marie?«

Franzis Stimme drang von weit her an Maries Ohr.

»Alles klar?«

»Ja, ja«, antwortete Marie und richtete sich auf. »Sorry, ich war total in Gedanken.«

»Fallbezogen?«, fragte Kim hoffnungsvoll.
»Aber immer doch!« Marie lächelte tapfer. »Mädels, ich weiß, wo wir wertvolle Informationen herbekommen, ohne die üblichen Verdächtigen zu fragen. Informationen, die den Täter oder die Täterin überführen könnten. Kim, würdest du deinen Sebastian anrufen? Wir brauchen seine Kontakte.«

Herrn Binsers Herz tanzt

Eine halbe Stunde später standen die drei !!! vor dem hohen Redaktionsgebäude der *Neuen Zeitung,* das direkt in der Innenstadt stand. Kim hatte mit Sebastian gesprochen und der hatte sich gerne bereit erklärt, den Kontakt zu Nikolaus Binser herzustellen.

Kim klingelte. Ihr Gesicht leuchtete in einem zarten Rot. Mehr, als durch die sommerlichen Temperaturen erklärbar war, wie Marie feststellte.

»Ich will hier noch mal etwas festhalten«, sagte Kim ernst. »Sebastian ist nicht *mein* Sebastian, klaro?«

»Klaro«, antworteten Franzi und Marie wie aus einem Mund und zwinkerten sich zu.

»Und keine Anspielungen, verstanden?«

»Verstanden!« Franzi kicherte. »Eigentlich solltest du wissen, dass du dich mit diesen Anweisungen noch verdächtiger machst, Frau Superdetektivin.«

Bevor Kim etwas erwidern konnte, öffnete ein großer, schlanker Mann mit braunen halblangen Haaren, einem Dreitagebart und einer schwarzen Brille die Tür.

»Hallo, ich bin Sebastian«, begrüßte er die drei !!!. »Kim kenne ich ja schon, dann seid ihr also der Rest des Drei-!!!-Detektivvereins?«

Franzi und Marie nickten.

»Detektivclub«, verbesserte Franzi und streckte die Hand hin. »Ich bin Franzi.«

»Und ich Marie.«

»Kommt mal mit. Nikolaus erwartet euch schon.« Sebastian Husmeier lief vorweg und die drei !!! folgten ihm die Treppe hinauf und einen langen Gang entlang.
Vor einer Glastür blieb er stehen. »Hier ›wohnt‹ also die Kultur. Viel Erfolg bei eurer Recherche, und wenn ihr mich braucht – Kim weiß, wo mein Büro ist!«
Kim legte den Kopf schief und lächelte. »Natürlich … Danke für deine Hilfe!«
»Kein Problem. Das ist doch selbstverständlich«, antwortete Sebastian und eilte den Gang zurück.

Marie merkte, dass Kim wie vom Donner gerührt dastand und Sebastian nachstarrte. Also nahm sie allen Mut zusammen und klopfte an die Glastür.
»Herein«, rief eine freundliche Stimme.
Marie drückte die Klinke herunter. Dann hakte sie sich zusammen mit Franzi bei Kim ein und zog sie sanft in das Büro des Kulturredakteurs.
Nikolaus Binser war ein Mann um die fünfzig. Er trug ein knallrotes Hemd mit gelben Punkten, das sich über seinen mächtigen Bauch spannte, und einen weißen Seidenschal um den Hals.
»Guten Tag«, sagte Marie höflich. »Wir sind Detektivinnen und würden gerne mit Ihnen über Ballett sprechen. Genauer gesagt: über das Ballett hier am Stadttheater von vor fünfzehn bis zwanzig Jahren.«
Nikolaus Binsers Augen leuchteten auf. »Nichts lieber als das. Ballett ist mein absolutes Steckenpferd. Was wollt ihr wissen?«

Kim hatte sich mittlerweile wieder gefangen und sagte: »Wir interessieren uns für die Zeit, als Pamina Fletscher noch auf der Bühne stand.«

Nikolaus Binser blickte ins Leere und holte tief Luft.

»Pamina«, seufzte er und strich sich gedankenverloren über die Glatze. »Die wunderbare, einzigartige Pamina ... Seht sie euch an. Ist sie nicht die vollendete Grazie? Die Zartheit und Schönheit in Person?« Er stand auf und deutete auf die Bilderwand in seinem Rücken. »Das alles ist Pamina.« Er faltete die Hände, als wollte er beten, und schlug sich auf Höhe des Herzens auf die Brust. »Ich war ... ach was, ich BIN Paminas größter Fan.«

»Ach nee, da wär ich jetzt niemals draufgekommen«, raunte Franzi so leise, dass nur Kim und Marie sie hören konnten.

Marie versuchte, ernst zu bleiben.

»Wissen Sie, was damals passiert ist?«, fragte sie.

Nikolaus Binser schlug die Augen nieder. »Nicht genau. Aber ich werde euch alles sagen, was ich weiß.«

Er strich über eine Porträtaufnahme von Pamina, die ihre Unterschrift trug, und seufzte wieder. »Pamina war vor zwanzig Jahren die Primaballerina am Theater. Der unangefochtene und gefeierte Star. Die Kritiken überschlugen sich vor Lob.«

»Die *Sie* geschrieben haben?«, fragte Kim dazwischen.

»Äh, ja, natürlich!«, räumte Herr Binser ein. »Aber ich war nicht allein mit meiner Begeisterung. Die Menschen kamen von weit her, um Pamina tanzen zu sehen. Und plötzlich war alles anders. Das Theater engagierte einen neuen Choreografen und Tänzer aus Russland: einen Mann namens Oleg

Timonov. Und das war das Ende von Paminas Karriere. Von nun an wurden alle Hauptrollen mit Lara Semova, einer zweitklassigen Ballerina, besetzt. Warum, kann ich nur vermuten. Ich schätze, dieser Oleg Timonov hatte sich ordentlich in Lara verknallt und wollte sie absichtlich in den Balletthimmel heben. Sie war nicht halb so gut wie Pamina, was sage ich, nicht einmal viertel so gut. Aber trotz aller schlechten Kritiken wurde sie an Paminas Stelle nun die Primaballerina des Theaters.«

»Diese Kritiken haben aber wieder *Sie* geschrieben?«, fragte Kim.

»Äh, ja, natürlich«, räumte Herr Binser erneut ein. Er beugte sich nach vorne, blickte sich hektisch um, als erwarte er, dass hinter der Zimmerpalme ein Spion lauerte, und flüsterte verschwörerisch: »Aber auch diesmal war ich nicht allein. Die Premierenvorstellungen waren nun immer erst am zweiten Tag ausverkauft und nicht schon am ersten. Das ist doch ein deutliches Zeichen des Protests. Das Theater war seitdem nie wieder das, was es zuvor war. Der Stachel der Ungerechtigkeit hat die Kunst zerstört. Ein für alle Mal. Und Pamina? Meine kleine Pamina? Sie war vom Pech verfolgt. Erst durfte sie nicht mehr die großen Rollen tanzen und dann hatte sie auch noch diesen schrecklichen Unfall. Die Knieverletzung heilte nie wieder aus und seither hat sie ein steifes Bein.« Herrn Binsers Stimme brach vor lauter Kummer und er musste sich ein Taschentuch vom Schreibtisch holen, um sich Schweiß und Tränen von den Wangen zu wischen. »Das Allerschlimmste aber war, dass Pamina mich in einem Brief gebeten hat, nie wieder über sie zu berichten und auch nie wieder zu erwähnen, dass sie einmal Tänzerin war. Und natürlich habe ich ihren Wunsch respektiert, auch wenn ich ihn nie verstanden habe ...«

Marie blickte nachdenklich drein. Wenn das wirklich stimmte, was Herr Binser ihnen über Pamina Fletscher erzählt hatte, dann konnte sie einem richtig leidtun. Das war ja wirklich Doppeltunddreifach-Pech gewesen.

Und Timonov war bei Weitem nicht der freundliche russische Ex-Tanzpartner, für den er sich ausgab. Marie wurde heiß und kalt zugleich, als sie bemerkte, dass diese Erkenntnis nicht nur für Timonov galt. Auf Lara warf sie ebenfalls ein ganz ungutes Licht ...

Die drei !!! traten völlig erschöpft aus dem Redaktionsgebäude der *Neuen Zeitung*. Nikolaus Binser hatte nicht mehr viel Erhellendes zum Fall beitragen können, dafür mussten sie noch eine gefühlte Ewigkeit die Fotos seiner Pamina-Fletscher-Gedenksammlung begutachten.

»Timonov können wir vergessen!« Kim gähnte und blinzelte in die gleißende Nachmittagssonne. »Er ist nicht der Täter, sondern steckt mit Lara unter einer Decke. Warum sollte er ihr Angst einjagen wollen? Ich sehe da überhaupt keinen Grund. Mir kommt da eher ein ganz anderer Verdacht: Pamina war vor zwanzig Jahren eine gefeierte Primaballerina. Dann kam Oleg und besetzte die Hauptrollen nur noch mit Lara. Diese Kränkung reicht aus, um ewige Rache zu schwören.«

Marie setzte sich eine türkisfarbene Sonnenbrille auf. »Pamina? Das glaube ich nicht. Das Ganze ist so lange her. Bestimmt war sie total wütend auf Lara und Oleg, aber warum in aller Welt sollte sie mit ihrer Rache bis heute warten? Was hat sie denn jetzt davon, wenn Lara nicht mehr tanzt? Dann hat sie doch auch keinen Job mehr.«

»Und warum spielt sie die Freundin und Assistentin, wenn sie ihr nicht verziehen hat?«, gab Franzi ebenfalls zu bedenken. »Also *ich* hätte das nicht gemacht. Erst wird sie von Lara und Oleg abgesägt und anschließend muss sie Laras Erfolge ertragen, gute Miene zum bösen Spiel machen und ihr die Tutus waschen? Das ist doch seelische Grausamkeit, wenn man immer noch wütend und gekränkt ist. Und ich glaube auch nicht, dass an deiner neuen Theorie was dran ist, Kim. Irgendwas muss zwischen Lara und Oleg passiert sein. Oder steckt doch Bodo dahinter? Wir haben nur Puzzleteile, die noch nicht richtig zusammenpassen.«

»Du hast recht«, überlegte Kim. »Uns fehlen einfach noch ein paar entscheidende Informationen, die in der Vergangenheit liegen. Wir sollten unbedingt mit Pamina sprechen und sie befragen, was damals genau passiert ist. Falls sie nicht die Täterin ist – und ich betone: FALLS –, dann wird sie damit auch kein Problem haben.«

»Können wir gerne machen«, antwortete Franzi und sah auf die Uhr. »Aber vielleicht morgen? Ich habe versprochen, bei den Kirschfest-Vorbereitungen zu helfen.« Dann fügte sie leiser hinzu: »Und Blake will heute Abend noch kommen.«

»Ihr trefft euch? Dann hat Blake also verstanden, worum es dir ging?«, fragte Kim mitfühlend.

»Verstanden schon. Jetzt kommt noch der Praxistest. Und der wird viel schwieriger.«

»Viel Glück, echt. Und hab ein bisschen Geduld mit ihm«, sagte Marie und hoffte von ganzem Herzen, dass die Unstimmigkeiten zwischen Blake und Franzi bald Schnee von gestern waren. Drei Ausrufezeichen, die an irgendeiner Form von Herzschmerz litten, das war eindeutig zu viel.
»Dann treffen wir uns morgen nach der Schule beim Tanzstudio?«, fragte Kim. »Da hat Pamina Bürozeit, das hatte ich mir so notiert.«
Marie und Franzi nickten.
»Abgemacht«, sagte Marie. Ein komisches Gefühl im Magen sagte ihr jedoch, dass ihr Vorhaben vielleicht nicht so einfach werden würde, wie es klang …

Schwarze Rosen und Tränen

Marie hatte nicht gut geschlafen. Zum einen, weil der Samstag, der Tag, an dem sie das kleine Schwänchen tanzen würde, immer näher rückte, zum anderen, weil ihr die Geschichte mit Pamina auf den Magen geschlagen hatte. Am allerschlimmsten aber war, dass Holger beinahe in jedem ihrer Träume aufgetaucht war, sie mit Schwanenhals-Kloreinigerflaschen beworfen und dabei gerufen hatte: »Unsere Liebe kannst du getrost im Klo runterspülen!« Ob sie ihn doch anrufen sollte? Oder bei ihm zu Hause vorbeischauen? Aber diese Idee verwarf sie sofort wieder. *Er* hatte das Treffen arrangiert und *er* war nicht gekommen. Warum sollte sie ihm nachlaufen? Niemals! Und wenn etwas Schlimmes passiert war? Ein Unfall? Vielleicht lag Holger im Krankenhaus und konnte sich nicht melden und nicht anrufen und …? Bei diesem Gedanken wurde sie panisch. Ihr Herz zog sich zu einem dicken Klumpen zusammen und sie hatte Mühe weiterzuatmen. Nein, versuchte sie sich zu beruhigen. Solche Sachen passierten nur im Kino. Trotzdem: Irgendeine Erklärung musste es geben! Mist! Marie war beinahe froh, jetzt in die Schule zu müssen, sechs Schulstunden absitzen zu können und sich mit Englisch, Mathe und Co ein wenig Ablenkung zu verschaffen. Ablenkung mit Schulkram? So weit war es also schon gekommen …

»Hey, du Primaballerina, du bist ja schon da«, rief Franzi, die mit Kim im Schlepptau beim Tanzstudio ankam. Marie

winkte ihren Freundinnen. Die beiden schienen fröhlich. Offensichtlich war ihre Nacht besser gewesen als ihre.
»Das ist dermaßen ungewohnt, dass wir nicht auf dich warten müssen«, feixte Kim. Sie grinste. »Na, hast du schon etwas herausgefunden?«
»Nö. Sooo lange bin ich auch noch nicht da«, antwortete Marie. »Außerdem müsst ihr heute Rücksicht auf mich nehmen. Ich hatte eine schreckliche Albtraumnacht. Mein Kopf fühlt sich ganz pelzig an. Könnt ihr mich mal ganz fest in den Arm nehmen, bitte?«
»Logo.« Franzi strich Marie erst über den Kopf und drückte sie dann fest an sich.
Kim schlang ihre Arme um Franzi und Marie. »Die Zwiebelumarmung«, sagte sie. »Hilft immer.«
Marie fühlte sich schlagartig besser. Egal wie oft sie sich am Samstag vertanzte, egal wie lange sie um Holger trauern würde: Auf ihre besten Freundinnen konnte sie sich verlassen. Immer. Und das war unendlich viel wert.
»Ich bin bereit«, sagte Marie. »Lasst uns Pamina suchen.«

Die drei !!! betraten das Studio. Die Garderobe war leer, nur der scharfe Geruch einer eben beendeten Tanzstunde lag in der Luft.
Marie zog die Nase kraus. »Das riecht aber heftig!« Sie öffnete eines der Fenster zum Hinterhof und stutzte. Sie bedeutete Franzi und Kim, leise zu sein, und winkte sie zu sich. Sie hatte es doch gewusst! Dort im Hof stand Oleg Timonov. In der Hand hielt er eine Schere und auf einem kleinen Holztisch lag ein Strauß weißer Rosen.

»Keine Ahnung, wo die letzten Rosen abgeblieben sind, aber diesmal wird nichts schiefgehen!«, murmelte der Choreograf vor sich hin und rieb sich die Hände. »So, und jetzt noch die schwarze Tinte und bis Samstag haben sich die Blütenblätter dann vollständig verfärbt.«

Marie riss die Augen weit auf. Schwarze Rosen? Oleg Timonov plante offensichtlich einen weiteren Anschlag auf Lara. Die drei !!! duckten sich gleichzeitig unter die Fensterbank. Die Situation war gefährlich, aber auch ideal. Sie würden Oleg Timonov auf frischer Tat ertappen. Allerdings mussten sie kurz planen, wie sie das am besten anstellten.

»Schwarze Rosen – das ist dermaßen fies. Ich kenne niemanden, der da nicht Angst bekäme«, flüsterte Marie.

Franzi knabberte nervös an ihrem Zeigefingernagel herum. »Ich meine, das ist doch jetzt wirklich der Hammerbeweis. Wir wissen noch nicht, warum, aber Timonov steckt hinter den Anschlägen.«

»Ist ja gut. Ich gebe zu, es spricht schon ein bisschen gegen ihn, dass er hier Rosen schwarz färbt«, zischte Kim.

»Los, wir konfrontieren ihn einfach mit unserem Verdacht«, schlug Marie leise vor. »Ich habe die Mappe mit den Bildern dabei, das ist doch ein prima Vorwand, ihn anzusprechen.«

Sie holte die Mappe aus dem Schulrucksack, stellte sich ans offene Fenster und rief: »Herr Timonov, ich wollte Ihnen gerne etwas zurückgeben, das Sie verloren haben.«

Oleg Timonov zuckte erschrocken zusammen. Er blickte sich verwirrt um und schnappte sich erst den Rosenstrauß und dann die Vase mit dem Tintenwasser und verbarg beides hinter dem Rücken.

»Lara?«, fragte er unsicher und kniff die Augen zusammen.
»Nein, ich bin es, Marie. Das Aushilfsschwänchen, mit dem Sie vor drei Tagen zusammengerumst sind.«
»Ach, zum Glück. Ich dachte schon, Lara hat sich von zu Hause herausgewagt.« Marie fand es merkwürdig, dass der Choreograf sofort ruhiger wirkte und sogar den Strauß und die Vase wieder auf das Tischchen stellte – für alle offen sichtbar!
»Tut mir leid«, fuhr er fort, »ich hab meine Brille nicht auf. Kannst du zu mir herauskommen? Ich bereite gerade eine Überraschung für Lara vor.«
»Überraschung«, knurrte Franzi im Hinausgehen. »So kann man das auch nennen, wenn man jemand zu Tode erschrecken möchte.«
»Huch«, sagte der Choreograf, als die drei !!! die Treppe hinunterkamen. »Jetzt brauche ich aber wirklich meine Brille. Ich sehe dich so verschwommen, Marie, irgendwie gleich drei Mal.« Er griff sich in die Brusttasche seines Hemdes und setzte sich eine goldene Nickelbrille auf.
Marie musste lachen, obwohl ihr gar nicht danach zumute war. Trotz der Tatsache, dass Oleg offenbar gerade einen Anschlag plante, wirkte er unbeholfen und tapsig. Und ziemlich sympathisch.
»Wir sind zu dritt! Das hier sind meine Detektivkolleginnen Kim und Franzi.«
»Da bin ich aber erleichtert.« Er zuckte verlegen mit den Schultern. »Wie weit seid ihr denn mit euren Ermittlungen? Es wäre großartig, wenn Lara am Samstag ohne Angst auf die Bühne gehen könnte.«

»Das wird wohl ganz von Ihnen abhängen«, antwortete Marie düster.

Oleg Timonov sah sie verständnislos an. Dann erhellte sich sein Gesicht. »Du meinst, ob ich sie wieder so weit aufbauen kann, dass sie keine Angst mehr hat? Ich tue mein Bestes, aber solange der Täter nicht geschnappt ist, wird das schwierig werden.«

»Vielleicht würde es schon helfen, wenn Sie sie nicht mit diesen Todesblumen bedrohen würden«, knurrte Franzi. »Solche schwarzen Rosen sind am Sonntag bereits aufgetaucht und waren Teil der Anschlagskette. Zum Glück konnte Anna die Blumen rechtzeitig verschwinden lassen, bevor Lara sie gesehen hat. Die wäre nämlich sicher durchgedreht bei diesem komischen ›Geschenk‹!«

Oleg Timonov fuhr sich nervös durchs Haar. Da seine Hände voll mit schwarzer Tinte waren, prangten nun vier Streifen auf seiner Stirn.

»Nein, nein, nein, das habt ihr ganz missverstanden«, verteidigte er sich. »Die schwarzen Rosen waren wirklich ein Geschenk. Ich dachte, ich mache Lara damit eine Freude. Auf der Premiere war dann so ein Durcheinander und da habe ich die Blumen vor das Studio gelegt. Wisst ihr, Lara hat die Doppelrolle des weißen und des schwarzen Schwans schon früher getanzt. Und immer war sie traurig darüber, dass alle Leute nur den weißen Schwan gelobt haben. Dabei liebt sie die Rolle des schwarzen Schwans. Mit den schwarzen Rosen wollte ich ihr für ihre einzigartige Darstellung der Odile danken.« Er deutete auf die Rosen, die in dem tintengeschwärztem Wasser standen. »Und da der Strauß verschwunden ist – jetzt weiß ich ja, wieso –, wollte ich ihr neue machen und am Samstag nach der Vorstellung geben. Glaubt ihr nicht, dass sie sich darüber freut?«

In Maries Kopf fuhren die Gedanken Achterbahn. Konnte diese Geschichte wahr sein? Oder hatte Oleg Timonov sie sich nur schnell ausgedacht, um den Verdacht von sich abzulenken?

Marie musste zugeben, dass die Erklärung mit dem schwarzen Schwan plausibel klang. Sie blickte zu Kim und Franzi und konnte leicht aus den Gesichtern ihrer Freundinnen lesen, dass auch sie dem Choreografen glaubten. Nun hatten sie also wieder nichts in der Hand.

Es war zum Verrücktwerden!

»Sie freut sich bestimmt«, antwortete Marie gedehnt. »Das ist sehr aufmerksam von Ihnen und … sehr kreativ.«

Oleg Timonov strahlte übers ganze Gesicht über Maries Lob. »Sie braucht jede Form von Unterstützung, gerade jetzt in dieser schlimmen Zeit. Und zu allem Übel musste Pamina auch noch für drei Tage zu ihrer kranken Mutter fahren.«

»Pamina Fletscher ist nicht in der Stadt?«, hakte Marie enttäuscht nach.

»Nein, sie kommt erst am Samstagnachmittag wieder. Zum Glück rechtzeitig zur Vorstellung. Lara braucht sie. Ohne ihre Freundin hält sie diesen Nerventerror nicht aus«, meinte Oleg Timonov mit bedauerndem Tonfall.

Die drei !!! sahen einander ratlos an.

»Aber ich kann euch die Telefonnummer von Paminas Mutter geben, wenn ihr sie dringend sprechen müsst«, bot er ihnen an.

Die drei !!! schüttelten gleichzeitig den Kopf.
Was sie mit Pamina Fletscher zu besprechen hatten, konnten sie nicht am Telefon regeln.
»Nein, das ist nicht nötig«, ergriff Marie das Wort. »Richten Sie Lara bitte aus, dass ich mich auf Samstagabend freue.«

Die drei !!! trennten sich vor der Tanzschule. Marie hatte bemerkt, dass sie immer noch die Mappe mit den Probenfotos in der Hand hielt, und wollte sie auf Laras Schreibtisch legen. Sie stürmte ins Büro und rannte beinahe gegen Bodo, der mit einer Hand in Laras Schreibtischschublade wühlte. Mit der anderen Hand hielt er sich ein Taschentuch vor die Nase.
Als er bemerkte, dass es Marie war, wurde er erst bleich und dann dunkelrot. »Verdammt, was machst du hier?«, fuhr Bodo sie böse an. »Du hast mich beinahe zu Tode erschreckt.« Seine Stimme klang belegt, als hätte er starken Schnupfen.
»'tschuldigung«, presste Marie heraus. »War keine Absicht. Ich wollte nur diese Mappe abgeben. Suchst du etwas?«
»Nein, nein, schon gut.« Er rang sich ein Lächeln ab. »Aber verrate mich bitte nicht an Pamina oder Lara. Die können es nicht leiden, wenn man an ihren Kram geht.«
Verständlicherweise, fügte Marie in Gedanken hinzu.
»Geht klar«, murmelte sie, legte die Mappe auf den Schreibtisch und beeilte sich, aus dem Büro herauszukommen.
Was in aller Welt hatte Bodo in Laras Schublade gesucht? Und warum schniefte und weinte er dabei?
Marie wusste: Jetzt oder nie. Das war *die* Gelegenheit! Sie musste herausfinden, was Bodo im Schilde führte.

Sie versteckte sich hinter dem weißen Vorhang der Garderobe, so, dass sie durch die Glasscheibe einen guten Blick ins Büro hatte.

Bodo schien sich sicher zu fühlen. Er wühlte weiter und schnäuzte sich alle paar Sekunden.

Plötzlich schien er gefunden zu haben, was er gesucht hatte, und war im Begriff, das Büro zu verlassen.

Marie tauchte vollständig hinter den Vorhang. Sie hoffte, dass Bodo die Umrisse ihres Körpers in der Eile nicht wahrnehmen würde. Sie wiederum konnte durch den dünnen durchsichtigen Stoff alles sehr genau erkennen.

»Endlich weiß ich, warum mir seit Tagen im Büro die Nase läuft«, murmelte Bodo ärgerlich, den halb vertrockneten Strauß schwarzer Rosen in der Hand. »Ich hab schon gedacht, ich werde verrückt. Diese blöde Allergie! Jetzt aber nichts wie weg mit den vergammelten Dingern.«

Marie war heilfroh, dass Bodo in Richtung Biotonne verschwand, denn in ihr stieg ein Kichern hoch. Eins von der Sorte, gegenüber dem man machtlos war. Der Angriff der Killerrosen, dachte Marie. Dieser Strauß hatte zweimal für Angst und Schrecken gesorgt – und das nicht zu knapp. Den Täter hatten sie allerdings nicht überführen können.

Detektivtagebuch von Kim Jülich
Donnerstag, 15:06 Uhr
Ich muss ganz in Ruhe meine Gedanken ordnen. Und das kann ich am besten, indem ich schreibe. Also: Wir haben uns bei Marie getroffen, um herauszufinden, ob Bodo B. Boost oder Oleg Timonov hinter den superfiesen Anschlägen steckt. Das sind un-

sere zwei Hauptverdächtigen. (Auch wenn ich denke, wir sollten Pamina dazuzählen. Franzi und Marie sind da aber anderer Ansicht. Ich vermute nämlich, dass Pamina genau diese »Leiche im Keller« ist, die wir in der Vergangenheit von Lara und Oleg gesucht haben. Dass das die Stelle ist, auf die wir den Finger legen müssen, der Knackpunkt, die Wendung ... Warum hat uns niemand erzählt, dass Pamina früher Ballerina gewesen ist? Es ist klar: Da ist was faul. Aber dazu gleich mehr.)
Marie hat sich dann zum Glück an diesen Kritiker erinnert. Nikolaus Binser. Und es war goldrichtig, dass wir ihn besucht haben. (Darauf hätte ich allerdings auch selbst kommen können. Schließlich habe ich beste Beziehungen zur Redaktion der Neuen Zeitung *;-))*
Dort haben wir erfahren, dass Pamina sogar Primaballerina gewesen war (also so was wie die Chefballerina, die immer die großen Rollen tanzt) und Lara noch gar nicht so berühmt war. Und dass alles anders wurde, als Oleg aus Russland kam. Er war der neue Choreograf und bald auch schon der feste Freund von Lara. Auf der einen Seite ist es schon verständlich, dass er vor allem mit seiner Freundin tanzen will und ihr deswegen die besten Rollen gibt; auf der anderen Seite war das superunfair gegenüber Pamina. Nur weil Oleg sich verknallt hatte, musste sie nun Platz für Lara machen.
Ich habe keine Ahnung, ob sie wirklich hinter den Anschlägen steckt, aber zumindest ist sie die Einzige, die ein wirkliches Motiv hat: nämlich Rache!
Auch wenn das alles schon ziemlich lange her ist – und Franzi und Marie zu Recht sagen, dass es völlig unlogisch ist, dass Pamina dann Laras Assistentin und Vertraute geworden ist.

Ach, ich weiß auch nicht … Normalerweise bin ich diejenige, die immer nach dem Verstand beurteilt und nicht nach Gefühl. Wenn es um Pamina geht, klaffen die Tatsachen und mein Bauchgefühl auseinander. Da stimmt was nicht!!!
Die Fakten sprechen nämlich eher gegen Oleg Timonov. Er ist ständig bei Lara, weiß, dass ihr die Matrjoschka wichtig ist, UND: Er ist der Mann mit den schwarzen Rosen! Wir haben ihn auf frischer Tat ertappt, wie er einen neuen Strauß gefärbt hat! Als wir ihn darauf angesprochen haben, hat er irgendwas von Odile, dem schwarzen Schwan aus Schwanensee, *erzählt und dass sich Lara hoffentlich über die Rosen freut. Ziemlich schräg das Ganze und trotzdem hab ich ihm geglaubt. (Auch weil das natürlich zu meiner »Spezialtheorie« passt, mit der ich ja bisher noch alleine bin.) Ich hatte sogar den Eindruck, dass Marie und Franzi ihm auch geglaubt haben – in dieser Rosen-Sache natürlich nur. Ansonsten sind sie felsenfest davon überzeugt, dass er der Täter ist und wir einfach noch nicht wissen, was zwischen Lara und ihm vorgefallen ist.*
Marie hat vorhin noch 'ne Mail an Franzi und mich geschickt und uns erzählt, was im Büro der Tanzschule passiert ist. Oh Mann. Rosenallergie … Der arme Bodo B. Boost!
Den haben wir jetzt schon zweimal zu Unrecht verdächtigt. Einmal, weil er seinen Füller geschrottet hat, und jetzt wegen seiner Rosen-Allergie. Mal sehen, als was sich Maries Beobachtung mit der Matrjoschka-Hülle, die er in die Tasche gesteckt hat, entpuppt. Wahrscheinlich hat Bodo sie als Brotdose benutzt oder so. Haha. (Wir müssen ihn auf jeden Fall noch darauf ansprechen. Aber ich glaube nicht mehr, dass Bodo überhaupt irgendetwas mit dem Fall »Sterbender Schwan« zu tun hat.)

Wir wollen morgen früh bei Marie ein Clubtreffen abhalten, denn bei Franzi ist zu viel Trubel wegen des Kirschfests, und wollen besprechen, wie wir Oleg Timonov eine Falle stellen können. Ich habe eingewilligt, dass wir uns erst mal auf diese Spur konzentrieren, schließlich steht es zwei zu eins für die Oleg-Theorie. Und irgendwas muss man ja zuerst machen ...

<u>*Geheimes Tagebuch von Kim Jülich*</u>
<u>*Donnerstag, 16:00 Uhr*</u>
Verschwindet! Aber ein bisschen plötzlich. Ich habe BESTE Beziehungen zur Presse. Wenn ihr schnüffelt, hetze ich euch Nikolaus Binser auf den Hals. Der schreibt so gemeine Kritiken, dass euch die Ohren schlackern. Und dann werden wir schon sehen, ob ihr es lustig findet, wenn er eure Lieblingsfußballmannschaft in der Luft zerreißt!
Morgen ist Samstag!!! Zum Glück. Ich platze nämlich fast, weil ich Marie nichts sagen darf wegen Holger. Das ist echt hart!!! Aber ich habe es nun mal versprochen und dann halte ich es auch. Heute war Marie total schlecht drauf. Und da hätte ich fast alle Versprechen über Bord geworfen ... Das ist wirklich heftig, was Holger da von mir verlangt. Hoffentlich klappt alles so, wie er sich das vorstellt. Schließlich haben wir auch noch einen Fall zu lösen. Ich mache mir ein wenig Sorgen, dass das alles im totalen Chaos endet.
Gestern waren wir in der Redaktion der Neuen Zeitung. *Sebastian ist so ein Schatz! Er hat uns einen Termin beim Kulturredakteur gemacht. Und hinterher hat er mich gelobt und gesagt, dass er sich keine Sorgen um seinen Berufsstand macht, wenn es solche guten Nachwuchskräfte wie mich gibt. Ist das*

nicht unglaublich süß? Er findet mich gut!! (Nein, Mama, du wirst das hier zwar niemals lesen, aber du brauchst dir keine Sorgen zu machen, dass Sebastian und ich morgen oder übermorgen heiraten ... Obwohl? Kim Husmeier? Klingt doch ganz hübsch. Oder Sebastian Jülich? ;-))
Lukas hat sich auffällig oft nach der Hip-Hop-Stunde bei Bodo erkundigt und mich gefragt, ob ich denke, dass er das mal ausprobieren sollte. Ich habe ihn ermutigt, weil, außer dass er merkt, dass er doch lieber Fußball spielt, ja nichts passieren kann. Ich merke, dass ich Lukas gar nicht mehr so verkehrt finde. Er nervt viel weniger als früher. Aber ich warte mal lieber ab, bevor ich meine Schwesternliebe vertiefe. Wahrscheinlich ist es nur eine Phase ...

Zwei halbe Pläne und eine Bauchlandung

»Hier: Gummibärchen und Schokoriegel!« Marie schob Kim die Schale mit den Süßigkeiten hin.
Kim nahm sich eine Rippe Schokolade. »Was hast du denn damit gemacht? Die ist ja steinhart!«
»Gefrierschrank«, antwortete Marie und steckte sich ein rotes Bärchen in den Mund. »Ist allerdings schon die zweite Schüssel. Der Inhalt der ersten war nach einer halben Stunde hier im Zimmer Schokosuppe mit Gummibärcheneinlage ... Ich MUSSTE handeln!«
»Wärst du nicht schon lange einer meiner Lieblingsmenschen, würde ich dich ab sofort in die Runde aufnehmen«, nuschelte Kim und lutschte an der Eisschokolade. Sie lümmelte sich auf Maries bequemes Sofa und streckte die Beine lang. »Also. Wie handeln wir jetzt in Sachen ›Sterbender Schwan‹? Hat jemand eine Idee, wie wir Oleg eine Falle stellen können?«, fragte sie.
»Ich habe drüber nachgedacht und ich habe einen halben Plan«, sagte Marie und schob sich noch ein Frostbärchen in den Mund.
»Einen halben?«, fragte Franzi. »Na ja, besser als nichts. Raus damit.«
»Ich hab mir gedacht, dass wir einfach so tun müssten, als hätten wir alle Beweise, die wir brauchen, um ihn zu überführen. Und dass wir dann wie zufällig Kommissar Peters mit ins Spiel bringen, damit Oleg Timonov Angst bekommt.«

»Gute Idee. Nach den ganzen gefrorenen Süßigkeiten sind wir für so eine Aktion bestimmt cool genug«, sagte Franzi kichernd.
KLINGELING! In diesem Augenblick läutete es Sturm.
Marie zuckte mit den Schultern. »Wahrscheinlich haben die Finnboys mal wieder den Schlüssel vergessen«, meinte sie und ging nach unten, um die Tür zu öffnen.

Doch vor der Tür standen nicht Sami und Finn, sondern Anna Semova. Ihr Gesicht war so weiß wie die Hauswand. An Hals und Dekolleté hatte sie rote Stressflecken.
»Anna? Du?«, fragte Marie erstaunt. »Ist irgendwas passiert?«
Anna nickte und hielt Marie mit zitternden Händen einen Brief entgegen. »Tut mir leid, dass ich störe. Ich hab deine Adresse aus den Unterlagen im Büro.« Sie fuhr sich über die Stirn und strich ihren roten Pony nach hinten. »Ich muss dringend mit dir sprechen. Und wenn möglich, auch mit Franzi und Kim. Es geht um Lara ... und um Oleg!«
»Komm erst mal rein!« Marie legte Anna beruhigend die Hand auf den Arm. »Du hast Glück. Kim und Franzi sind hier bei mir. Wir haben gerade ein Detektivclubtreffen.«
Marie und Anna gingen die breiten Treppen zu Maries Zimmer hinauf.
»Ich bin so froh, dass ich euch antreffe. Ich ... ich wusste einfach nicht weiter.« Anna hielt sich am Treppengeländer fest. Marie sah, dass es der jungen Tänzerin nicht gut ging. Was sie wohl so fertigmachte?
»Es ist Anna!«, rief Marie nach oben. »Und ich glaube, sie hat die zweite Hälfte des Plans dabei.«

»Was meinst du?«, fragte Anna.
»Nur so ein Gefühl«, antwortete Marie und lächelte.

»Und diesen Brief hast du im Kleiderschrank von Lara gefunden?«, fragte Marie.
Anna nickte. »Schlimm, oder? Ich kann zwar nicht so gut Russisch, aber den Sinn habe ich trotzdem verstanden.«
»Ich kann aber nachvollziehen, warum sie mit ihm Schluss macht. Und dass sie verlangt, dass er nach Russland zurückgeht und sich bei Pamina entschuldigt. Trotzdem: ganz schön starker Tobak.« Marie runzelte die Stirn. Aus diesem Brief ging hervor, dass Oleg Timonov durchaus ein Motiv hatte, Lara zu schaden. Lara hatte ihn zurückgewiesen, obwohl er hier in Deutschland mit ihr ein Leben hatte aufbauen wollen.
Franzi nahm das vergilbte Blatt Papier und starrte verwirrt auf die russischen Wörter.
»Bitte noch mal ganz langsam zum Mitschreiben. Also: Lara hat herausbekommen, dass sie nicht wegen ihres Könnens Primaballerina geworden ist, sondern nur weil Oleg sich in sie verliebt hatte. Womit er sich Pamina gegenüber sehr unfair verhalten hat. Das konnte Lara nicht ertragen, weil sie Pamina sehr gernhat. Sie waren damals schon Freundinnen. Und dann hat Lara mit Oleg Schluss gemacht und verlangt, dass er nach Russland zurückgeht, sonst würde sie Pamina alles sagen, richtig?«
»Richtig«, bestätigte Anna. »So muss es sich zugetragen haben. Ich bin total durcheinander. Mir hat Mamutschka immer erzählt, dass sie furchtbaren Liebeskummer hatte, weil

Oleg damals wegen eines Superangebots wieder nach Moskau zurückgegangen ist. Tja, da war Mamutschka wohl nicht ganz ehrlich zu mir. Ich wusste bis gerade ja noch nicht einmal, dass Pamina auch Tänzerin gewesen ist. Ist doch merkwürdig, oder?« Anna fing an zu weinen. »Warum machen die daraus denn so ein großes Geheimnis? Ich kapier das einfach nicht.«

Marie konnte Anna gut verstehen. Sie war super enttäuscht und gekränkt darüber, dass die beiden Menschen, denen sie am meisten auf der Welt vertraute, sie hintergangen hatten. Marie legte der zierlichen jungen Frau einen Arm um die Schulter und sagte: »Bestimmt wollten sie nur das Beste für dich …«

»Glaubt ihr denn, dass Oleg hinter den Anschlägen steckt?«, fragte Anna plötzlich und ihre Stimme klang wieder klarer. »Ich hatte eher den Eindruck, er würde sie gerne wiedergewinnen. Er kümmert sich wirklich rührend um sie.«

»Hm, er schenkt ihr sogar schwarze Rosen …« Kim grinste.

»Was? Das war also Oleg?«, fragte Anna aufgeregt.

Die drei !!! nickten.

»Das macht mich völlig fertig …«, murmelte Anna. »Aber ihr habt natürlich recht. Es spricht alles gegen ihn.«

»Also *ich* bin mir da nicht so sicher«, meinte Kim. »Wir haben ihn zwar dabei erwischt, wie er einen neuen Strauß schwarz einfärbte. Allerdings bestreitet er, dass er deiner Mutter damit Angst einjagen wollte. Er sagt, die schwarzen Rosen stehen für Odile, den schwarzen Schwan. Und dass er ihr damit für die wunderbare Darstellung dieser Rolle danken möchte.«

»So einen Schwachsinn habe ich lange nicht gehört«, brummte Anna. »Und ihr habt ihm geglaubt?«
Die drei !!! sahen einander an und nickten wieder. »Irgendwie schon«, meinte Marie.
»Dennoch denken wir, dass er die Anschläge verübt hat. Und mit dem Brief, den du uns gezeigt hast, wird endlich auch das Motiv klar.«
»Meint ihr, er wird morgen wieder zuschlagen? Während oder vor der Vorstellung?«, fragte Anna. »Und wie soll ich mich daheim verhalten? Oleg wohnt schließlich bei uns zu Hause.«
»So normal wie möglich«, riet Marie ihr. »Kriegst du das hin?«
Anna zog die Schultern hoch. »Ich versuche es.«
»Außerdem hast du recht, Anna. Morgen wäre ein guter Zeitpunkt für einen neuen Anschlag. Zumindest, wenn der Täter Lara wirklich das Tanzen vermiesen will. Aber wenn er es versucht, wird er uns in die Falle gehen. Denn wir legen uns vor der Vorstellung auf die Lauer und werden ihn auf frischer Tat ertappen«, versicherte Franzi.
»Klingt nach einem Plan«, meinte Anna.
Marie strich sich eine Haarsträhne aus dem Gesicht und zwinkerte Kim und Franzi zu. »Und zwar nach einem *ganzen*!«

Marie hatte ihr Notebook aufgeklappt und sah sich zum achten Mal die Videoaufnahme der vier kleinen Schwänchen an. Es sah so leicht aus, so spielerisch. Hoffentlich würde ihr das morgen auch so gut gelingen. Ob Holger der Tanz gefallen würde? Na, diese Frage musste sie sich zum Glück nicht stellen, denn Holger würde definitiv nicht zusehen.

Maries Gedanken wanderten in die Vergangenheit. Als sie zusammengekommen waren, war Holger zu einer Verabredung im Waldschwimmbad einfach nicht erschienen. Damals hatte er einen guten Grund dafür gehabt. Ob sie zu hart gewesen war? Vielleicht hätte sie die Nachrichten und Anrufe der unbekannten Nummer doch nicht einfach so löschen sollen? Auf der anderen Seite … Warum war er nicht zu ihr gekommen? Schließlich gab es doch noch andere Kontaktmöglichkeiten als das Handy, oder? War es Holger egal, ob sie traurig war, oder nicht? Verdammt. Sie verstand das alles nicht. Marie spürte eine brennende Wut, die sich bis in ihre Fingerspitzen ausbreitete. Und sie wusste selbst nicht genau, ob diese Wut Holger galt oder eher ihr selbst. Mit einem lauten Knall klappte sie den Rechner zu, warf sich bäuchlings auf das Sofa und trommelte mit den Fäusten auf den weichen Plüsch.

Dann vergrub sie ihren Kopf in ein pinkfarbenes Seidenkissen und ließ den Tränen freien Lauf.

Auf der Mauer, auf der Lauer ...

»Hast du dich schon entschieden?«, fragte Marie. »Welche strategisch wertvollen Plätze sollten wir deiner Meinung nach besetzen?«

Die drei !!! hatten sich schon am Nachmittag vor dem Stadttheater getroffen, um die Lage für ihren Beobachtungs- und Überführungsplan zu checken. Mehrere Male hatten sie das große Gebäude aus hellem Sandstein mit den großzügigen Grünanlagen zu beiden Seiten umrundet. Die Sonne brannte heute etwas weniger gnadenlos als die Tage zuvor, was bedeutete, dass sie bei der Wahl ihrer Beschattungsorte keine Rücksicht darauf nehmen mussten, dass niemand einen Hitzekoller bekam. Kim wirkte die ganze Zeit zielstrebig und hatte sich immer wieder Notizen gemacht.

Marie war froh, dass Kim die detektivische Führung übernommen hatte. Sie selbst war dermaßen aufgeregt wegen ihrer Premiere als Schwänchen, dass sie schon zufrieden war, wenn sie sich beim Sprechen und Laufen nicht verhaspelte.

Beim Frühstück (bei dem Marie nicht einen Bissen hatte essen können) hatte Sami ihr zusätzlich eröffnet, dass er heute Abend überraschend die Vorstellung besuchen würde. Finn durfte nämlich auch mit. Diese Nachricht hatte Maries Aufregung nicht gerade gemindert. Sie war zwar nicht in Sami verknallt, aber blamieren wollte sie sich vor ihm natürlich auf gar keinen Fall. Plötzlich spürte Marie ein Kitzeln in der Nase und nieste kräftig.

»Gesundheit«, sagte Franzi, die gerade an einem blühenden

Jasminstrauch schnupperte. »Ich hoffe, du entwickelst keine Blumenallergie à la Bodo B. Boost!«
»Ja, das wäre nämlich sehr ungünstig, denn ich plane, dich heute Abend mit Blumen zu bewerfen«, feixte Kim. »Zum Glück ist dein detektivischer Einsatzort die Künstlergarderobe und nicht das Blumenbeet hier.«
Marie nieste noch einmal wie zur Bekräftigung.
»Und wo ist mein künstlerischer Einsatzort?«, fragte Franzi und musste lachen. »Äh ... ich meine natürlich, strategischer Einsatzpunkt ... ach, du weißt schon, was ich meine.«
»Nach Einbeziehung aller Möglichkeiten würde ich sagen, dass du auf dem versteckten Mäuerchen dort drüben den besten Überblick hast!«, sagte Kim und tippte mit dem Bleistift auf ihren Notizblock. »Du siehst jeden, aber die Lage der Mauer verhindert, dass dich jemand sieht.«
»Einverstanden«, sagte Franzi. »Ich nehme die Lauer-Mauer. Wenn ich sehe, dass Oleg kommt, rufe ich euch an.«
»Ich verfolge ihn im Inneren des Theaters«, ergänzte Kim.
»Und dann ertappen wir ihn auf frischer Tat, fesseln ihn an den Schminkstuhl, ich tanze schnell meinen Schwänchentanz und anschließend rufen wir Kommissar Peters an?« Marie klimperte mit den Wimpern, um einen Mascara-Krümel loszuwerden, der sie schon die ganze Zeit nervte. »Oder umgekehrt? Erst Kommissar Peters und dann den Schwan? Puh. Ich weiß gar nicht, wie ich das alles schaffen soll. Das wird alles ganz schön knapp.«
Kim kicherte. »Keine Angst. Wir machen einfach eins nach dem anderen. Und falls du gerade im Detektiveinsatz bist, übernehme ich gerne deinen Schwanentanz.«

Marie eilte den Flur entlang, von dem die Künstlergarderoben abgingen. Die Betonwände waren kahl und an der Decke verliefen dicke Rohre, von denen die Farbe bereits abplatzte. Marie rieselte ein Schauer den Rücken hinunter. Dieser Ort hatte etwas Trostloses, Verlassenes. Als sie mit Lara letzte Woche hier war, war ihr das gar nicht aufgefallen. Aber da hatten die Garderobentüren auch offen gestanden und Leute waren ihnen lachend und mit Kostümen in der Hand entgegengekommen. Jetzt war alles still. Marie ließ den Blick über die Namensschilder an den Türen schweifen. Neben Laras Garderobe blieb sie stehen. Da war es! Ihr Name stand mit denen der anderen drei Schwänchen an der Tür der Nachbargarderobe. Prima! Umso leichter konnte sie Laras Garderobe unauffällig beobachten. Denn jeder, der zu Lara wollte, musste erst mal an ihrer eigenen Tür vorbei!
Marie trat ein. Die vier Tutus hingen nebeneinander an einer Stange, der Federkopfschmuck daneben. Am liebsten hätte sie sich sofort umgezogen, aber das Kostüm war viel zu empfindlich. Sie schaltete das Licht über einem der vier Spiegel an und stellte ihr Telefon auf lautlos.
KATANG, KRRCH, KATANG!
Draußen auf dem Flur waren Geräusche zu hören. Marie nahm ihr Handy, schlich zur Tür und stellte sich dicht an die Wand. Komisch, keine Nachricht von Franzi oder Kim. Also hatten sie Oleg nicht gesehen. Das Schlurfen kam näher. Allerdings sehr langsam. Marie linste durch den Türspalt. Ein silberner Gehstock kam in ihr Blickfeld, gefolgt von Pamina, die ein himmelblaues Petticoat-Kleid trug, das fließend um ihre Beine schwang.

Marie zog den Kopf schnell zurück. Was machte Pamina denn schon so früh im Theater? Egal ... Sie würde sich nicht zu erkennen geben. Wer wusste schon, ob Pamina Oleg Bescheid sagte? Nein, das konnte sie nicht riskieren. Marie hörte, wie Pamina die Garderobe nebenan öffnete.
Marie checkte noch einmal das Handy – noch immer keine Nachricht von Kim oder Franzi. Plötzlich klirrte es in Laras Garderobe. Danach ein Schrei. Marie erschrak. Zerbrochenes Glas? Hoffentlich war Pamina nicht verletzt. Sollte *sie* das Opfer eines neuen Anschlags sein? Marie musste unbedingt nachsehen, was geschehen war!
Leise drückte sie sich durch die angelehnte Tür. Eine warnende Stimme in ihr sagte, dass sie lieber nicht einfach hineinplatzen, sondern lieber abwarten sollte.
Die Tür stand offen. Pamina saß mit dem Rücken zu Marie auf dem Schminksessel.
Marie konnte im Spiegel sehen, dass Pamina sich ihren Zeigefinger in den Mund gesteckt hatte. Offensichtlich hatte sie sich an den Scherben der zerbrochenen Flasche auf dem Tisch geschnitten. Merkwürdig war nur, dass Laras Spitzenschuhe inmitten all der Glassplitter lagen. Paminas Gesicht war angespannt und verzerrt. Da stimmte etwas nicht. Marie wagte kaum zu atmen. Ganz still und bewegungslos stand sie im Türrahmen. Pamina hätte nur in den Spiegel blicken müssen, um Marie zu sehen, aber zum Glück tat sie es nicht. Sie war viel zu beschäftigt, die Zehenschoner aus den Tanzschuhen zu ziehen. Sie nahm die Schaumstoff-Kappen und stülpte sie nach außen. Dann begann sie, feine Glassplitter in den Stoff zu reiben. Dabei murmelte sie: »Wollen doch mal

sehen, ob die Odette immer noch so viel lächelt, wenn ihre Zehen zerschnitten sind …«

Instinktiv trat Marie einen Schritt zurück. Hatte sie richtig gesehen? Pamina war gerade dabei, Glassplitter in Laras Spitzenschuhe zu drücken? Das war gemeine Sabotage! Also hatte Kim recht gehabt … Es war nicht Oleg, der die Anschläge verübt hatte, sondern Pamina! Marie wurde übel und einen klitzekleinen Moment wusste sie nicht, was sie tun sollte. Dann fiel ihr Blick auf das Handy, das sie fest umklammert hielt. Mit zitternden Fingern drückte sie auf das Symbol der Videokamera und pirschte sich wieder näher heran. Perfekt! So würde sie einen absolut sicheren Beweis haben.

Pamina war weiterhin damit beschäftigt, die spitzesten Splitter auszusuchen. Ihre Anspannung war mittlerweile allerdings einem fiesen, zufriedenen Lächeln gewichen.

Plötzlich legte sich eine Hand auf Maries Rücken. Marie zuckte zusammen, fuhr herum und sah in das überraschte Gesicht von Lara. Wo kam die denn auf einmal her? Marie hatte überhaupt niemanden kommen hören.

»Hallo, Marie«, sagte Lara. »Du bist ja schon so früh im Theater.«

Marie rollte mit den Augen und bedeutete Lara, leise zu sein.

»Du musst nicht aufgeregt sein«, sagte Lara, die Maries Verhalten völlig falsch deutete. »Anna hat mir erzählt, wie gut du den kleinen Schwan tanzt. Das wird alles glattgehen heute Abend.« Sie öffnete mit Schwung die Garderobentür.

Pamina fuhr auf und warf das Tuch, das über der Stuhllehne hing, auf die Scherben. »Was machst du hier, Lara?«, kreischte sie. »Wir hatten doch am Telefon vereinbart, dass du erst kurz vor der Vorstellung kommst. Verschwinde, ich kann dich hier nicht brauchen!«

»Warum bist du denn so aufgebracht? Mir geht es viel besser und ich dachte, ich kann dir ein wenig helfen …« Lara ging auf Pamina zu und wollte sie umarmen.

»Nicht!«, schrie Marie und stürmte Lara hinterher. »Pamina ist die Täterin. Sie hat die Anschläge auf dich verübt. Ich habe gesehen, wie sie Glassplitter in deine Spitzenschuhe gesteckt hat!«

Lara hielt Marie an den Schultern fest. »So beruhige dich doch, Kind. Pamina? Nie im Leben. Das muss ein Missverständnis sein!«

Marie hielt ihr Handy nach oben. »Hier ist der Beweis«, rief sie. »Ich habe alles aufgenommen.«

Gefangen!

Plötzlich ging alles ganz schnell. Pamina holte mit der einen Hand die zerbrochene Flasche unter dem Tuch hervor und mit der anderen Hand schnappte sie sich ihren Gehstock. Sie umklammerte den Flaschenhals, richtete die scharfe Glaskante gegen Marie und Lara und zischte: »Du miese kleine Schnüfflerin tust jetzt genau, was ich sage. Sonst bluten hier nicht nur Zehen, verstanden?« Sie funkelte Marie an. »Lösche sofort diesen Film, den du gemacht hast. Du hast ja keine Ahnung, wie lange ich auf diesen Moment gewartet habe. Und den werde ich mir von dir sicher nicht kaputt machen lassen.«

Pamina drängte Marie und Lara bis ins Innere der Garderobe. Marie stolperte. Sie wich zurück, bis sie die kalte Wand hinter sich spürte. Lara und sie saßen in der Falle.

»Hier!« Marie hielt Pamina das Handy hin.

»Pah, das machst du schön selber. Denkst du, du kannst mich so hereinlegen? Ich nehme das Handy und muss die Flasche zur Seite legen? Ich bin doch nicht blöd!«

Marie hatte viel zu viel Angst, um sich zu überlegen, wie sie den Film retten konnte, und löschte ihn schnell. Dann legte sie das Telefon auf den Boden.

»Pamina, was ist denn passiert?«, startete Lara noch einmal einen Versuch, die Situation zu beruhigen. »Sag bitte, dass das nicht stimmt, was Marie behauptet. Wir sind beste Freundinnen. Schon immer.«

»Ach wirklich?«, fragte Pamina mit schneidender Stimme.

»Warst du das auch, als Oleg mir meine Rollen geklaut und sie dir geschenkt hat? Und jetzt? Jetzt nehmt ihr mir nicht nur meinen Beruf, sondern das Liebste, was ich habe: Anna! Es reicht! Ich will nicht mehr leiden. Schluss! Aus! Das Maß ist voll.« Pamina jaulte auf wie ein angeschossenes Tier und fuchtelte mit der Glaswaffe in der Luft herum. »Ich will, dass ihr da reingeht. In diesen Metallschrank. Los.«

Marie war klar, dass Pamina alle Drohungen ernst meinte. Und dass es klug war, erst einmal zu tun, was sie von ihnen verlangte. Sie nahm Lara, die völlig fassungslos neben ihr stand, an die Hand und zog sie zum Schrank.

»Geht das auch ein bisschen schneller?«, meckerte Pamina. »Nicht dass noch jemand kommt. Und die Garderobe ist erst schalldicht, wenn ich die Tür geschlossen habe.«

Mit dem Gehstock schubste sie Lara weiter.

Marie kletterte in den Schrank und kauerte sich auf den Boden. Lara saß ihr gegenüber. Sie hatte die Arme um die Beine geschlungen und Marie sah in ihren Augen die nackte Panik.

»Wir müssen Ruhe bewahren«, flüsterte Marie und fragte sich im selben Moment, woher sie die eigentlich selbst nehmen wollte. Ihr Herz raste und ihre Hände und Beine zitterten völlig unkontrolliert. »Kim und Franzi werden mich suchen, wenn sie mich nicht erreichen.«

»Was gibt es da zu besprechen?«, herrschte Pamina Marie an. Dann schloss sie die Garderobentür. »Na, egal, euch wird jetzt sowieso niemand mehr hören.«

»Ich verstehe das alles nicht«, wimmerte Lara und brach in Tränen aus. »Was meinst du damit, dass wir dir Anna wegnehmen wollen?«

»Oleg nimmt sie mit nach Russland, oder? Und da wird ihr eine wunderbare Karriere als Tänzerin versprochen und sie kommt nie wieder.« Nun wich der Zorn in Paminas Zügen der Traurigkeit. Sie ließ sich auf den Garderobenstuhl sinken, hatte aber die abgeschlagene Flasche griffbereit.

In diesem Moment wurde Marie klar, dass es nur eine Möglichkeit gab, Paminas Raserei zu beenden: reden. Sie musste es schaffen, dass die Assistentin über ihren Schmerz und ihre Trauer sprach. Pamina hatte zu lange geschwiegen, und die Wut darüber, ungerecht behandelt worden zu sein, hatte sich zu diesem fürchterlichen Racheplan zusammengebraut. Marie atmete tief: »Ich kann Sie verstehen. Wir von den drei !!! haben recherchiert und wir wissen, dass Ihnen übel mitgespielt wurde. Vor allem von Oleg Timonov. Das war wirklich nicht in Ordnung, wie er damals Lara bevorzugt hat.«

»Lara war genauso mit von der Partie. Die beiden hatten das doch geplant. Sie sind zusammengekommen und ihr Ziel war es, mich zu ruinieren.«

»Das ist nicht wahr«, rief Lara. »Ich dachte, du magst die Rollen nicht mehr tanzen. Zumindest hat Oleg das behauptet. Dass es ganz anders war, habe ich erst später erfahren.«

»Und das hast du ihm geglaubt? Wie naiv bist du eigentlich?«, antwortete Pamina mit eiskalter Stimme. »Glaubst du wirklich, ich wollte freiwillig nicht mehr die Primaballerina sein? Hast du dich nicht gewundert? Du hättest mich ja auch mal fragen können!«

»Ich wollte ihm so gerne glauben. Ich war so schrecklich verliebt in ihn«, meinte Lara kleinlaut. »Als ich dann viel später erfahren habe, dass du nicht freiwillig verzichtet hast, habe ich ihm sofort einen Brief geschrieben und mich von ihm getrennt. Und zur Bedingung gemacht, dass er sich bei dir entschuldigen muss. Allerdings hattest du an diesem Tag den schweren Autounfall und plötzlich erschien alles andere so unwichtig. Wichtig war nur, dass du überlebst.«

»Du lügst«, zischte Pamina und schlug die Tür des Schranks zu. Mit einem Klacken verschloss sie ihn. »Willst du mich für blöd verkaufen? Natürlich habt ihr diesen Plan zusammen ausgeheckt.«

Plötzlich war es stockdunkel und Marie fasste automatisch nach der Hand ihrer Tanzlehrerin.

»Ich habe den Brief gelesen. Besser gesagt, hat Anna ihn für uns übersetzt. Er ist ja auf Russisch«, sagte Marie so ruhig wie möglich. »Es stimmt, Frau Fletscher. Lara macht Oleg darin die bittersten Vorwürfe. Sie beendet die Beziehung und will, dass er wieder nach Russland geht, und droht, sonst sein gemeines Spiel auffliegen zu lassen.«

Lara entriss Marie die Hand und begann heftig zu schluchzen. »Anna hat den Brief gefunden? Oleg hat ihn mir wutentbrannt wieder zurückgeschickt – ich weiß eigentlich gar nicht, warum ich ihn aufbewahrt habe.«

Als Lara geendet hatte, sagte keiner mehr ein Wort. Marie hörte am Geräusch des Gehstocks, wie Pamina Fletscher durch den Raum ging. Ab und zu entfuhr Lara ein Schluchzen. Marie setzte sich auf ihre Hände. Boah, war das unbequem. Sie fragte sich ernsthaft, ob sie sich nachher wieder zu voller Größe würde aufrichten können oder ob sie wegen ihrer neuen Statur gezwungen sein würde, den Wasserkobold zu tanzen. Vorausgesetzt, sie würde überhaupt wieder rechtzeitig aus diesem Schrank herauskommen. Ob Kim und Franzi mittlerweile bemerkt hatten, dass sie nicht zu erreichen war? Hoffentlich waren sie bald da …

»Pamina, bitte lass uns aus dem Schrank«, bat Lara. »Ich kann verstehen, dass du sauer bist. Aber lass uns doch in Ruhe über alles reden, meinst du nicht?«

»Wie stellst du dir das vor? Du hast mein Leben ruiniert. Weißt du eigentlich, wobei ich den Autounfall hatte, nach dem ich nie wieder richtig tanzen konnte? An diesem Tag habe ich an einem anderen Theater vorgetanzt. Ich hielt es hier einfach nicht mehr aus. Es war so ungerecht. Aber nach dem Unfall? Was sollte ich machen? Du dachtest, du hilfst mir, indem ich die Stelle als deine Assistentin bekommen habe. Ich war immer hin- und hergerissen zwischen Wut auf dich und Dankbarkeit, dass ich weiterhin am Theater arbeiten konnte. Tja, und dann hast du dich wieder verliebt. Und Anna kam auf die Welt. Ich hatte dieses kleine Wesen von Anfang an in mein Herz geschlossen und ich war so glücklich, dass ich ihr auch so wichtig war. Und plötzlich war von der ganzen Enttäuschung und der Wut nichts mehr zu spüren. Es war, als hätte Anna all die negativen Gefühle in mir weggelacht. Auch wenn es schwer zu glauben ist, aber ich hatte nicht mal mehr ein Problem damit, dass ich selbst nicht mehr tanzen konnte.« Pamina seufzte tief. »Ich musste nur meiner kleinen Anna beim Tanzen zusehen und es war, als stünde ich selbst wieder auf der Bühne …«

Marie hatte die ganze Zeit über fasziniert zugehört und musste schlucken. Das war ja eine tragische Geschichte! Trotzdem verstand sie immer noch nicht, was Pamina mit den Anschlägen eigentlich bezweckt hatte. »Aber warum Lara?«, fragte sie deshalb.

»Ich dachte, dass Anna auf keinen Fall nach Russland geht, wenn ihre Mutter sie hier braucht«, meinte Pamina Fletscher und klang jetzt ein wenig müde. »Und sobald ich Oleg wiedergesehen hatte, kam auch mein Bedürfnis nach Rache wieder. Es hat mich selbst überrascht, wie stark es wurde. Ich wollte, dass Lara genauso leidet wie ich damals. Dass sie erst einmal nicht mehr tanzen kann. Dass sie Angst hat, genauso große Angst wie ich, Anna zu verlieren. Und dass sie nicht wieder in ihrer Paraderolle glänzt.«

Marie hörte wieder das Schaben des Gehstocks. Dann fiel die Garderobentür ins Schloss. Marie und Lara waren allein.

»Pamina!«, schrie Lara verzweifelt. »Du kannst doch jetzt nicht einfach gehen!«

»Ich befürchte, genau das hat sie gerade getan«, sagte Marie. »So ein verdammter Mist. Und ich habe weder mein Handy noch das Dietrichset bei mir.«

»Ich fühle mich miserabel. Warum hat Pamina nie etwas gesagt? Das ist alles so furchtbar«, wimmerte Lara in Dauerschleife.

»Nun ja«, meinte Marie. »Pamina hat mindestens genauso viel Grund, sich furchtbar zu fühlen. Nur ist das, was sie getan hat, strafbar. Sie hätte mit dir und Anna reden müssen. Stattdessen hat sie euch in echte Gefahr gebracht.«

Plötzlich machte es PLING! Eine Haarnadel hatte sich aus Maries Dutt gelöst und war zu Boden gefallen. Eine Haarnadel? Das war zwar kein Dietrich, aber zumindest einen Versuch wert. Schließlich hatte das schon einige Male geklappt.

Marie löste eine weitere Nadel aus ihrem Haar und kniete sich, so gut es in dem schmalen Schrank ging, hin. Dann tastete sie mit der einen Hand nach dem Schloss und mit der anderen Hand stocherte sie die Haarnadel hinein. Nichts bewegte sich. Nee, diesmal klappte es nicht. Es war einfach zu dunkel. Schöne Pleite!

»Ich will hier raus«, keuchte Lara. »Ich krieg keine Luft mehr. Warum sucht uns denn niemand?«

»Keine Panik.« Marie steckte die Haarnadeln mit einem energischen Ruck zurück in den Dutt. »Ich bin mir sicher, Kim und Franzi sind schon auf dem Weg hierher. Schließlich können sie mich gerade nicht erreichen und machen sich bestimmt Sorgen.« Sie hoffte inständig, dass das auch stimmte. Schließlich hatte Pamina ihr Telefon. Vielleicht antwortete sie an ihrer Stelle? Nein. Nein. Nein. Kim und Franzi waren die beiden besten Detektivinnen, die sie kannte. Natürlich würden sie es merken, wenn Pamina Fletscher an ihrer Stelle simste.

Maries Worte schienen bei Lara Wirkung zu zeigen.

Sie atmete schon ruhiger. »Ihr Mädchen seid wirklich etwas ganz Besonderes«, sagte sie. »Danke!«

»Danke uns, wenn es vorbei ist«, sagte Marie.

Im nächsten Augenblick trommelten Fäuste gegen die Garderobentür.

Marie und Lara saßen mucksmäuschenstill. Schreien nützte nichts, die Garderobe war schalldicht. »Und jetzt ist es bald vorbei!«, sagte Marie zufrieden. »Sie sind da!«

Die Tür öffnete sich knirschend.

»Marie?«, schrien Kim und Franzi gleichzeitig. Eine von bei-

den rüttelte scheppernd an dem Metallschrank. »Bist du da drin?«
Das war Kims Stimme.
Marie strahlte.
»Bitte bleiben Sie ganz ruhig«, sagte eine tiefe Männerstimme.
Wie wunderbar. Kim und Franzi hatten Kommissar Peters dabei.
»Wir sind hier«, rief sie erleichtert. »Macht bitte schnell auf, ich habe schon mal gemütlicher gesessen.«

Tränen und weiße Träume

»Das haben wir gleich«, meinte Kommissar Peters. Es klirrte und ein paar Sekunden später sprang das Türschloss auf. Marie hielt sich die Hände über die Augen. Das grelle Tageslicht tat richtig weh.
Franzi streckte Marie die Hand entgegen.
Marie stand auf, doch die Beine knickten weg. Sie hielt sich am Spiegeltisch fest. »Meine Beine sind eingeschlafen.«
»Denen war die Angelegenheit eben einfach zu langweilig«, meinte Franzi.
Marie kicherte.
Kim und Franzi hakten Marie unter und führten sie auf das Sofa.
»Eure gute Laune habt ihr zum Glück nicht verloren«, sagte Kommissar Peters, der gerade Lara Semova aus dem Schrank half. »Dass ihr euch aber auch immer in Gefahr bringen müsst. Wie oft habe ich euch schon gesagt, dass es eine ganz eindeutige Grenze für eure Einsätze gibt. Nämlich die, wo es für euch gefährlich wird, verstanden?«
»Nicht schimpfen. Fangen Sie bitte lieber die Täterin der Anschlagsserie auf Lara Semova. Ich gehe davon aus, dass Sie schon Bescheid wissen?«
Kommissar Peters nickte. »Ja, Kim hat mir alles erklärt. Aber ich dachte, wir fangen einen Täter, keine Täterin!«
»Ja, das dachte ich auch erst. Aber Oleg Timonov ist unschuldig. Pamina Fletscher ist unsere Frau. Und sie ist geflohen.«

Kim und Franzi sahen Marie mit offenem Mund an.
Franzi fand als Erste ihre Sprache wieder. »Pamina? Ich verstehe nicht. Diese Verdächtige haben wir Kim doch ausgeredet!«
Marie zuckte mit den Schultern und grinste. »Vielleicht sollten wir doch ab und zu auf sie hören.«
Keiner hatte in der Aufregung bemerkt, dass Pamina im Flur aufgetaucht war. Sie klopfte dreimal mit dem Gehstock auf den Boden, um sich Gehör zu verschaffen.
Marie drehte sich um und rief: »Da ist Frau Fletscher. Schnappt sie!«
»Nicht nötig«, sagte die Assistentin, stellte den Stock zur Seite und streckte die Hände nach vorne. »Ich stelle mich. Sie können mir die Handschellen anlegen.«
»Ich glaube nicht, dass wir die brauchen«, antwortete Kommissar Peters.
»Sie haben recht, das ist albern. Wegrennen kann ich schließlich nicht.«
Pamina sah Lara an. »Es tut mir leid. Ich war wie von Sinnen vor Wut und Angst, Anna zu verlieren. Kannst du mir verzeihen?«
Lara nickte nur und brach in Tränen aus. »Natürlich, meine Liebe. Aber nur, wenn du mir auch verzeihst, dass ich blind und gutgläubig war.«
Die beiden Frauen fielen sich in die Arme und schluchzten hemmungslos.
Marie ging zu Kim und Franzi. »Danke, dass ihr uns gerettet habt. Ihr wart großartig.«
Kim plusterte in gespielter Empörung die Backen auf. »Wir

haben doch nur unsere Arbeit getan – so wie du auch. Wir sind schließlich *Die drei !!!* – die besten Detektivinnen weit und breit!«

Marie lächelte. »Eigentlich reicht es mir für heute mit Theater«, sagte sie. Sie blickte auf die Uhr. »In einer halben Stunde beginnt die Vorstellung. So eine Detektivaktion ist ganz praktisch gegen Lampenfieber. Die größte Aufregung liegt definitiv hinter mir.«

»Sei dir da mal bloß nicht zu sicher«, orakelte Kim und grinste Marie wissend an.

Mittlerweile waren immer mehr Menschen in die Garderobe gekommen, um zu sehen, was passiert war. Die drei !!! hatten sich nebeneinander auf dem Sofa platziert und das Geschehen fasziniert verfolgt. Erst hatten sich Lara und Pamina versöhnt. Dann war Anna dazugekommen und hatte Pamina unter Tränen versichert, dass sie niemals in Russland bleiben wolle, sondern selbstverständlich wieder zurückkommen würde.

Als Zweite und Dritte kamen Oleg und Bodo hereingestürmt. Oleg mit wutverzerrtem Gesicht und Bodo mit einem Keks im Mund und einer Matrjoschka-Hülle in der Hand.

Diesen Auftritt hatte Marie besonders spannend gefunden, denn Oleg machte Pamina die schlimmsten Vorwürfe und beschimpfte sie. Als er aber bemerkte, dass Lara überhaupt nicht böse auf Pamina war, hörte er mitten in einer wüsten Beleidigung einfach auf zu sprechen. Lara zog ihn auf die Seite und redete eindringlich mit ihm. Anschließend ging er auf Pamina zu und entschuldigte sich.

Unglaublich, dachte Marie. Das war besser als jede Oper. Als sich schließlich auch noch Oleg und Pamina umarmten, konnte Marie sie nur noch verschwommen sehen, weil sich ein Rührungs-Tränenschleier über ihre Augen gelegt hatte. Bodo stupste sie am Arm an und hielt ihr die geöffnete Matrjoschka hin. »Magst du einen Keks?«
Die drei !!! drehten sich gleichzeitig zu ihm um und starrten fassungslos auf die zweckentfremdete Holzpuppe. Dann blickten sie einander an und begannen zu lachen.
»Weißt du eigentlich, dass deine Keksdose ein Beweismittel ist?«, fragte Marie.
»Oder zumindest war?«, fügte Franzi an.
Bodo schüttelte den Kopf. »Häh? Die benutze ich schon seit Wochen. Stand auf Laras Schreibtisch herum. Da bleiben die Kekse so schön knusprig drin ...«
Kim stieß ihre Faust in die Luft. »Yeah«, sagte sie. »Auch mit dieser – zugegebenermaßen völlig absurden – Vermutung lag ich goldrichtig.«
»Welcher Vermutung?«, fragte Franzi.
»Hihi, also ihr werdet es nicht glauben, aber ich habe gestern in mein Detektivtagebuch geschrieben, dass Bodo in der Matrjoschka vermutlich sein Pausenbrot aufbewahrt und sie deshalb in der Tasche hatte. Okay, nun war es nicht das Brot, sondern die Kekse, aber ich finde –«
»... du bist ein Genie«, fielen ihr Franzi und Marie gleichzeitig ins Wort und prusteten los.

Jetzt musste sie sich aber wirklich beeilen. Marie sauste in die Garderobe nebenan, schlüpfte in ihr Schwänchenkostüm

und band sich die Spitzenschuhe. Die anderen drei Schwänchen waren bereits fertig umgezogen und auf dem Weg hinter die Bühne, um sich warm zu tanzen. Marie nickte ihnen zu und versicherte ihnen, dass sie in fünf Minuten nachkommen würde.
Sie setzte sich den Kopfschmuck aus Federn auf und schminkte sich die Augen dunkel. Mit jedem Pinselstrich verwandelte sie sich ein Stückchen mehr in den kleinen Schwan und die Ereignisse der letzten drei Stunden verblassten. Nun noch der rosafarbene Lippenstift und – fertig.
Marie betrachtete sich im Spiegel, stellte sich auf die Zehenspitzen und bewegte die Arme grazil auf und ab. Die Vorstellung konnte beginnen!

»DA DA DA DA DADA DADA DA DA DA«, ertönte es und Marie spürte die Musik in ihrem ganzen Körper. Sie fasste die Schwänchen zu ihrer rechten und linken Seite an den Händen und tanzte los. *Pas de chat*, *Pas de chat*, Kopf unten, dann links, dann rechts. Es ging wie von alleine. Sie musste überhaupt nicht mehr nachdenken und ließ sich einfach davontragen. Als die Musik aufhörte und der Applaus auf sie eindonnerte, hatte sie das Gefühl, aus einem wunderschönen Traum aufzuwachen.
Hand in Hand gingen sie in langen Schritten zum Bühnenrand und verbeugten sich. Das Publikum wollte überhaupt nicht mehr aufhören zu klatschen. Einige waren sogar aufgestanden und stampften mit den Füßen. Marie strahlte übers ganze Gesicht. Sie hatte es geschafft. Ohne einen einzigen Patzer. Sie fühlte, wie eine gehörige Portion Freude und Stolz

durch sie hindurchschwappte. Die blendenden Scheinwerfer ließen das Publikum wie ein wogendes schwarzes Meer aussehen. Nur in den ersten beiden Reihen konnte sie vereinzelt die Schemen von Gesichtern wahrnehmen. Moment mal ... War das nicht ...? Maries Herz machte einen Salto. Für einen klitzekleinen Augenblick hatte sie gedacht, Holger zu sehen! Aber das konnte ja gar nicht sein. Bestimmt jemand, der ihm ähnlich sah. Ihr wurde schwindelig und sie stolperte, als die drei anderen Schwäne sie zur Bühnenmitte zurückzogen. Oh nein, wie peinlich. Sie musste sich jetzt wirklich zusammenreißen. Verflixt noch mal. Es durfte einfach nicht sein, dass Holger jetzt auch noch den Auftritt hier vermasselte. Vor allem, wenn er gar nicht wirklich anwesend war, sondern nur in ihrer Fantasie. Das musste aufhören. Und zwar sofort!
Als sie sich zum zweiten Mal verbeugten, schaute Marie absichtlich woandershin. Ihre Augen richteten sich auf das leuchtende Notausgangsschild über der hintersten Tür. Das würde sich ja hoffentlich nicht plötzlich in ein Schreckgespenst verwandeln ...

Ein Schwan zum Küssen

»Du warst umwerfend. Und seit letzten Dienstag kann ich das auch wirklich beurteilen.« Kim umarmte ihre Freundin. Oder besser: Sie machte die Arme lang und versuchte es. »Huch, man kommt gar nicht so richtig an dich ran. Dieser Tüllrock ist ganz schön steif.«
»Darum herum umarmen funktioniert in diesem Fall leider nicht«, meinte Franzi trocken. »So macht man das!« Sie ging beherzt auf Marie zu und klappte die Tüllschicht nach oben. »Bitte schön!«
Marie lachte. »Ich ziehe das Ungetüm gleich aus. Wie cool, dass ihr den Auftritt gut fandet.«
»Wir fanden ihn überhaupt nicht gut. Da hast du Kim irgendwie falsch verstanden.«
»Ihr meint, weil ich beim Applaus fast gestolpert wäre?« Marie runzelte die Stirn.
»Nein, weil es superdupergenial mit Sahne obendrauf war. Deswegen!« Franzi lachte. »Das müssen wir feiern!«
Kim hielt Franzi am Arm fest. »Können wir gleich machen. Aber lass Marie erst mal das Tüllmonster loswerden, okay? Wir können in der Zwischenzeit die anderen drei Schwänchen aufhalten ... äh, ich meine, begrüßen.«
Franzi und Marie sahen Kim schräg von der Seite an.
»Wenn du meinst«, sagte Marie unsicher. »Dann sehen wir uns gleich im Foyer?«
»Genau«, rief Kim, zog die verdutzte Franzi mit sich und winkte Marie zu. »Bis gleich!«

Marie wunderte sich. Kim hatte sich so merkwürdig verhalten. So, als hätte sie sie loswerden wollen. Aber warum? Das ergab überhaupt keinen Sinn. Sie quetschte sich an einer Gruppe Tänzerinnen vorbei, die aufgeregt tuschelten und heimliche Blicke mit ein paar gut aussehenden Tänzern wechselten. Marie beneidete sie. Wie gerne würde sie einen netten Flirt gegen ihren Liebeskummer tauschen.

Sie beeilte sich, zur Garderobe zu kommen. Der Flur war diesmal voller Leute, denen sie geschickt ausweichen musste. Mit Schwung drückte sie die Klinke herunter und ... Oh nein!!

Was war das?

Marie konnte weder den Schminktisch noch den Spiegel sehen.

Ein großer Strauß Luftballons in Schwanenform tanzte in der Luft und verdeckte Maries Ecke der Garderobe. Wunderschön sah das aus. Woher kamen die nur?

Doch plötzlich dämmerte es ihr: Schwäne, Teich, Funkstille und jetzt das ...

»Holger?«, fragte sie in die Stille hinein.

Holger trat hinter dem Kleiderständer, über den die Alltagsklamotten der Tänzerinnen geworfen waren, hervor. In der Hand hielt er eine weiße Rose.

»Hallo, Marie«, sagte er schüchtern. »Es tut mir leid, ich bin ein wenig spät dran ... fünf Tage, um genau zu sein.« Er lächelte.

Marie war sprachlos. Dann hatte sie vorhin im Publikum also doch nicht Holgers Doppelgänger gesehen. Er war wirklich da. Und es war erstaunlich: Sie war die letzten Tag so megasauer auf Holger gewesen, aber nun konnte sie sich weder rühren noch etwas sagen. Ihr Kopf war komplett leer gefegt.

»Dann hat Kim dichtgehalten?«, fragte Holger verunsichert, weil Marie keine Reaktion zeigte und ihn nur anstarrte. »Du wusstest doch nicht, dass ich heute hier bin, oder?«

Und plötzlich – PENG! – fand Marie ihre Worte wieder. Und ihre Wut. Alle Fragen, die sich die letzten Tage in ihr aufgestaut hatten, sprudelten jetzt aus ihr heraus: »Wo warst du denn am Montag? Warum hast du dich nicht gemeldet? Was hat Kim mit der Sache zu tun und warum bist du überhaupt hier?« Bei jedem Wort machte sie einen Schritt auf Holger zu, bis sie direkt vor ihm stand. Sie ballte die Hände zu Fäusten und trommelte auf seine Brust. »Du I d i o t!«

Holger legte die Rose zur Seite und hielt ihre Hände fest. »Die Prügel habe ich wohl verdient«, sagte er. »Ich bin nämlich wirklich ein Idiot. Und zwar weil ich nicht schon viel früher erkannt habe, dass ich mit dir – und nur mit dir – zusammen sein will.« Er lächelte sie an.

Marie verging schlagartig die Lust, weiter auf Holgers Brust zu hämmern und sie ließ die Fäuste sinken. Was hatte er da eben gesagt? Sie blickte in sein liebes, vertrautes Gesicht, um herauszufinden, ob er das wirklich ernst meinte. Ein paar Sekunden sahen sie einander einfach nur schweigend an.

Dann beugte Holger sich zu ihr und küsste sie zart auf die Lippen. Er küsste sie noch einmal und diesmal küsste Marie zurück.

War es nicht völlig egal, wo er am Montag gewesen war?, dachte sie selig. *Jetzt* war er hier, das war alles, was zählte.

»Ich habe dich vermisst«, flüsterte sie.
»Bestimmt nicht mehr als ich dich«, antwortete Holger leise und drückte sie fest an sich.
»Bitte lass mich nie wieder los«, bat Marie. »Nie wieder!«
»Versprochen.« Holger löste sich ein Stück von ihr und holte ein kleines Kästchen aus seiner Hosentasche. »Das wollte ich dir eigentlich am Montag geben.«
Neugierig drückte Marie auf den kleinen silbernen Knopf und der Deckel sprang auf.
»Eine Kette mit einem Schwanenanhänger«, rief sie glücklich. »Oh, ist der schön!«
»Ich habe den Schwan nicht nur wegen deines Auftritts heute ausgewählt«, erklärte Holger. »Sondern auch, weil Schwäne ein Leben lang als Liebespaare zusammen sind. Und ich möchte dir diese Kette als Zeichen geben, dass ich mir nichts mehr auf der Welt wünsche, als ganz lange mit dir zusammen zu sein. Das ist mir in letzter Zeit immer klarer geworden.« Er nahm die Kette aus dem Etui. »Darf ich sie dir anlegen?«
Marie nickte stumm und wischte sich schnell eine Träne aus dem linken Auge. Träumte sie? Oder passierte dieses Märchen gerade wirklich? Sie wackelte probehalber mit den Zehen. Autsch! Das tat weh. Also war sie wach. Hellwach.
Holger nestelte am Verschluss der Kette herum und kitzelte sie im Nacken.
Ein wohliger Schauer durchlief Maries Körper. Sie drehte sich um. »Danke«, sagte sie und sah Holger tief in die Augen. »Die Kette ist toll. Und ihre Bedeutung auch, weil ich mir selbst nichts mehr wünsche.« Sie hielt inne.

»Das klingt nach einem dicken ›Aber‹«, vermutete Holger.
Marie blinzelte. Wie sollte sie Holger sagen, dass sie Angst hatte, dass er ihr Vertrauen wieder missbrauchen würde, ohne dass sie ihn verletzte?
»Es ist viel passiert«, sagte Marie. »Und wir müssen ehrlich zueinander sein. Ich kann ja mal anfangen: Seit Montag habe ich dir die Pest an den Hals gewünscht, weil du mich einfach so hast sitzen lassen. Eigentlich sollte ich schmollen und nicht mit dir reden, weil du mein Herz zum zweiten Mal gebrochen hast, aber stattdessen stehe ich hier und knutsche mit dir. Ich kann mich selbst nicht verstehen, aber ich schwöre, das ist die absolute Wahrheit.« Sie strich Holger durch die braunen Haare. »So, und jetzt du. Auf deiner Seite sind ja noch einige Fragen offen!«
Holger grinste. »Glaubst du mir einen zweiten Unfall?« Er deutete auf sein Knie, das in einer schwarzen Schiene steckte.
»Sag bloß, du bist wieder mit jemandem zusammengeknallt, der auch über die Straße wollte und sein Handy faszinierender fand als den Verkehr?«, fragte Marie sarkastisch.
»Nein, diesmal waren mein Fahrrad und ich alleine doof«, antwortete Holger. »Der Erdhügel, über den ich gefahren bin, war stärker als wir. Und bei dem Sturz ist mein Knie kaputtgegangen und mein Handy. Ich bin dann ins Café nebenan gehumpelt und habe versucht dich zu erreichen, aber du bist nicht ans Telefon. Ich musste dann drei Tage ins Krankenhaus und ich habe immer wieder versucht, dich zu anzurufen – nichts. Also dachte ich für einen Augenblick, dass du unser Treffen vergessen hast. Sonst wärst du doch sicher rangegangen …«

»Moment mal, ich dachte, DU hast unser Treffen vergessen. Ich stand da völlig einsam mit diesem verliebten Schwanenpaar und hab auf dich gewartet. Glaubst du, dann gehe ich ran, wenn jemand mit unbekannter Nummer anruft? Das kann ich ja nicht wissen, dass du da dahintersteckst.« Marie verschränkte die Arme.

»Dann waren wir also gegenseitig enttäuscht«, meinte Holger. »Am Mittwoch habe ich mir dann ein Herz gefasst und Kim angeschrieben. Sie hat mir erzählt, wie die Sache für dich gelaufen ist. Und plötzlich hatte ich diese Überraschung im Kopf, weil ich ja wusste, dass du heute einen Auftritt hast. Ich habe Kim also kurzum zur Mitwisserin und Komplizin gemacht. Ohne sie wäre ich gar nicht in deine Garderobe gekommen. Geschweige denn an eine Eintrittskarte für die erste Reihe ...« Holger verbeugte sich wie ein Butler. »Stell dir einfach vor, ich würde vor dir auf die Knie gehen«, sagte er feierlich. »Marie, verzeihst du mir?«

Marie musste nicht lange überlegen.

»Mit dem größten Vergnügen«, sagte sie ernst und spitzte die Lippen. »Und jetzt küss mich, du Schwanenprinz!«

Vorhang auf!

»Mahi, du hast so ssön geflattert«, rief Finn und rannte auf seine Schwester zu. »Wie als ob du in echt ein echter Swan wärst.« Marie hob Finn hoch und wirbelte ihn einmal herum.
»Das freut mich aber, mein Kleiner«, sagte sie.
Sie trug ihn zu einem der Bistrotische im Foyer, an dem sich ihre ganze Familie mitsamt Kim und Franzi versammelt hatte. Holger folgte ihr.
»Du hast wirklich die Bühne gerockt«, pflichtete Sami bei, der heute in einem schwarzen schmalen Anzug steckte. »Ich habe hinterher sogar auf dich gepfiffen …«
»Du meinst wohl, applaudiert und *vor Begeisterung* gepfiffen«, sagte Franzi lachend. Sie hob ihren *Swan Lake* hoch, um mit Sami anzustoßen. Marie konnte zwar immer noch nicht verstehen, wie man dieses Getränk mögen konnte, aber bitte …
»Ach so, ja! Ich habe vor lauter Begeisterung auf dich gepfiffen«, meinte Sami lachend und hob seinen Cocktail ebenfalls nach oben. »Auf Marie, den Ballettschwan!«
Marie lehnte sich an Holger, der hinter ihr stand, und drückte seine Hand. Es fühlte sich gut, richtig und geborgen an. Sie war glücklich. Erst hatten sie Pamina geschnappt, dann der gelungene Schwänchenauftritt und nun waren Holger und sie wieder ein Paar. Das war fast zu viel Glück für einen einzigen Abend. Aber nur fast. Sie lächelte in sich hinein, räusperte sich und klopfte an eines der Cocktailgläser.

»Ähem, darf ich kurz um eure Aufmerksamkeit bitten? Ich würde gerne etwas bekannt geben. Ich möchte euch meinen neuen alten Freund Holger vorstellen. Wir sind wieder zusammen. Und ich bin sehr, sehr ...«, Marie blickte verliebt nach hinten, »... glücklich darüber!«
Alle klatschten.
»Gar nicht neu!«, quäkte Finn. »Ich kenn den schon. Und alt ist der auch nicht.«
Holger kicherte und strich Finn über die Wange. »Du bist ein sehr kluger kleiner Mann.«
»Wie schön für euch«, rief Tessa.
Maries Vater klopfte Holger auf die Schulter. »Gut gemacht, mein Junge!«, sagte er. »Ich freue mich für euch!«
Kim zwinkerte Marie zu. »Ich hoffe, du nimmst mir meine Geheimniskrämerei nicht übel«, sagte sie. »Zwischendurch kamen mir immer mal wieder Zweifel, aber es ist ja alles gut gegangen, wie ich sehe.«
Plötzlich musste Marie an Pamina denken. Sie wusste eigentlich gar nicht, wie die Sache ausgegangen war, weil sie sich für die Vorstellung hatte fertig machen müssen.
»Das wollte ich vorhin schon fragen«, meinte Marie. »Was passiert denn jetzt mit Pamina Fletscher?«
»Das, was sie gemacht hat, war natürlich kein Kavaliersdelikt«, meinte Kim. »Du hast ja noch mitbekommen, dass sich alle ausgesprochen haben, und jetzt kommt das Beste: Es haben sich alle gegenseitig die Fehler der Vergangenheit verziehen.«
»Das bedeutet«, meinte Franzi, »dass Lara von einer Anzeige absieht. Allerdings kommt sie um eine Anklage wegen ver-

suchter Körperverletzung nicht herum, meinte Kommissar Peters. Doch die Strafe wird wohl gering ausfallen.«
»Ich bin irgendwie erleichtert, dass es so glimpflich ausging«, stellte Marie fest. »Obwohl Pamina echt fies war und manchmal sogar gefährlich, hat sie mir am Ende richtig leidgetan.«
»Ging mir genauso«, sagte Franzi. »Lara und vor allem Oleg haben auch eingesehen, dass sie viele Fehler gemacht haben. Die sind übrigens alle zusammen essen gegangen, um sich so richtig auszusprechen.«
»Ich habe Lara vorhin die reparierte äußerste Hülle der Matrjoschka wiedergegeben. Mein Vater hat das gut hinbekommen. Und Lara hat sich total darüber gefreut.« Kim kicherte. »Und … noch was. Ich habe Pamina eine Visitenkarte zugesteckt …« Sie legte den Kopf schief.
»Von uns? Das ergibt doch gar keinen Sinn. Der Fall ist gelöst«, meinte Franzi verwundert.
»Nee, doch nicht von uns. Von Nikolaus Binser, dem verliebten Kulturredakteur. Ich finde, die beiden sollten sich mal kennenlernen, oder was meint ihr? Und von alleine kommt der doch nie in die Puschen.«
»Ich warne dich, Kim!« Marie hob den Zeigefinger. »Dein Job als Detektivin muss an erster Stelle bleiben. Und Paarvermittlerin an zweiter.«
Kim kicherte. »Keine Panik. Das Verkuppeln lege ich ab sofort nieder. Mein Zweitjob ist und bleibt die Schriftstellerei.«
»Und meiner das Luftgitarrespielen«, schaltete sich Sami in das Gespräch ein. »Ich würde gerne in Deutschland eine Meisterschaft organisieren. In Finnland gibt es das jedes Jahr!«

»Gute Idee«, fand Franzi. »Macht bestimmt total Spaß!«
Marie zog die Augenbraue hoch. »Aber nur, wenn du dir einen schalldichten Proberaum in Keller einrichtest.«
Sami blickte sich um. »Das Theater hier wäre der perfekte Austragungsort. Meinst du, du kannst mich backstage nehmen, damit ich weiß, wie es da aussieht?«
»Klar«, sagte Marie. »Komm mit.«
»Finn will auch!«, rief Finn und sprang wie ein Flummi mehrere Male in die Höhe.
»Logisch«, sagte Sami und nahm Finn auf den Arm. »Du bist bei meinem nächsten Auftritt fest eingeplant.« Dann wandte er sich an Holger. »Weißt du, der Kleine ist ein echtes Naturtalent!«
Marie ging voraus, Sami mit Finn auf dem Arm und Holger folgten ihr. Sie stemmte die schwere Eisentür auf, die hinter die Bühne führte, und sagte: »Seht euch in Ruhe um, aber bitte fallt mir nicht in den Schwanensee!« Sie kicherte über ihren eigenen Wortwitz.
»Weißt du eigentlich, *wie* hübsch du bist, wenn du lachst?«, fragte Holger. »So hübsch, dass ich dich stundenlang einfach nur so ansehen könnte.«
Marie fasste zu dem kleinen Schwanenanhänger an ihrem Hals und schob ihn an der Kette hin und her. »Du bist so süß. Ich weiß gar nicht, was ich sagen soll.«
»Musst du doch auch gar nicht!« Holger zog Marie mitten auf die Bühne. Vor ihnen der dicke rote Samtvorhang, hinter ihnen die Kulisse des Ballettmärchens. »Für die Schwäne ging es heute nicht gut aus, aber für Marie und Holger gibt es ein Happy End.« Seine Hände strichen zart über Maries

Rücken. Marie blickte hoch – direkt in Holgers braune Augen, die sie verliebt ansahen. Sofort verwandelten sich all ihre Knochen in Wackelpudding und in ihrem Bauch begannen Schmetterlinge mit Hummeln Tango zu tanzen. Und nicht nur das. Marie hatte das Gefühl, dass sie vor lauter Glück hell strahlte. Sie lächelte.
Holger beugte sich zu ihr und umarmte sie. Marie vergrub die Nase an seinem Hals. Wie gut Holger roch. Eine Mischung aus Wind, Sonnencreme und, tja, Holger eben.
Marie atmete tief ein. Immer wieder. Bis sich dieser wunderbare Duft in ihrem ganzen Körper breitgemacht hatte.
»Weißt du, was ich schon immer einmal haben wollte?«
»Was denn?«
»Einen bühnenreifen Kuss. Wie im Film. Und zufällig…«
»… stehen wir auf einer Bühne!«, ergänzte Holger. »Na dann: Schau mir in die Augen, Kleines!« Er zog Marie mit einem Ruck fester zu sich, machte einen Ausfallschritt, während Marie ihren Rücken nach hinten bog. Sie küssten sich stürmisch.
Da öffnete sich der Vorhang.
»Der Holga gibt der Mahi ein dickes Bussi«, krähte Finn.
»Und was für ein tolles! Bravo! 10 Punkte«, rief Sami und klatschte.
»Nee, nich so doll, iss doch eklich«, korrigierte ihn Finn und gähnte.
»Sami! Finn!«, rief Marie entrüstet. »Ihr seid echt unmöglich. Raus mit euch!«
Sie rannte ins Bühnen-Off und drückte einen Knopf. Der Vorhang schloss sich surrend.

»Auf geht's, mein junger Luftgitarrenfreund«, meinte Sami und schnappte sich Finn. »Wir waren wohl ein wenig zu frech.«

Finn kicherte und winkte. »Schüss Mahi, schüss neua, alta Holga!« Dann schmatzte er ein Küsschen auf seine Hand, pustete und rief: »Luftbussi!«

Holger tat so, als finge er es auf, drückte es sich auf die Lippen und küsste dann Marie. »Ist angekommen!«, antwortete er.

Dann wandte er sich an Marie. »Und mein Herz, das ist auch wieder da angekommen, wo es hingehört. Bei dir.«

Marie schloss die Augen. Das kribbelnde Gefühl von Glück und Verliebtsein durchströmte sie aufs Neue. Dieser Augenblick gehörte Holger und ihr. Für immer. Und ewig.

Die drei !!! Clevere Girls knacken jeden Fall!

- ☐ Die Handy-Falle
- ☐ Betrug beim Casting
- ☐ Gefährlicher Chat
- ☐ Gefahr im Fitness-Studio[e]
- ☐ Tatort Paris[e]
- ☐ Skandal auf Sendung[e]
- ☐ Skaterfieber[e]
- ☐ Vorsicht, Strandhaie![e]
- ☐ Im Bann des Tarots[e]
- ☐ Tanz der Hexen[e]
- ☐ Kuss-Alarm[e]
- ☐ Popstar in Not[e]
- ☐ Gefahr im Reitstall
- ☐ Spuk am See[e]
- ☐ Duell der Topmodels
- ☐ Total verknallt![e]
- ☐ Gefährliche Fracht[e]
- ☐ VIP-Alarm[e]
- ☐ Teuflisches Handy
- ☐ Beutejagd am Geistersee[e]
- ☐ Skandal auf der Rennbahn[e]
- ☐ Jagd im Untergrund[e]
- ☐ Undercover im Netz
- ☐ Fußballstar in Gefahr
- ☐ Herzklopfen![e]
- ☐ Tatort Filmset
- ☐ Vampire in der Nacht[e]
- ☐ Achtung, Promi-hochzeit!
- ☐ Panik im Freizeitpark[e]
- ☐ Falsches Spiel im Internat
- ☐ Betrug in den Charts[e]
- ☐ Party des Grauens[e]
- ☐ Küsse im Schnee[e]
- ☐ Brandgefährlich![e]
- ☐ Diebe in der Lagune
- ☐ SOS per GPS
- ☐ Mission Pferdeshow
- ☐ Stylist in Gefahr
- ☐ Verliebte Weihnachten
- ☐ Achtung, Spionage!
- ☐ Im Bann des Flamenco
- ☐ Geheimnis der alten Villa
- ☐ Nixensommer
- ☐ Skandal im Café Lomo!
- ☐ Tatort Geisterhaus
- ☐ Filmstar in Gefahr
- ☐ Unter Verdacht
- ☐ Die Maske der Königin
- ☐ Skandal auf dem Laufsteg
- ☐ Freundinnen in Gefahr
- ☐ Krimi-Dinner
- ☐ Das rote Phantom
- ☐ Hochzeitsfieber!
- ☐ Klappe und Action!
- ☐ Wildpferd in Gefahr
- ☐ Geheimnis im Düstermoor
- ☐ Tatort Kreuzfahrt
- ☐ Gorilla in Not
- ☐ Das geheime Parfüm
- ☐ Liebes-Chaos!
- ☐ Der Fall Dornröschen
- ☐ Spuk am Himmel
- ☐ Flammen in der Nacht
- ☐ Der Graffiti-Code
- ☐ Heuler in Not
- ☐ Tanz der Herzen

kosmos.de   Alle Bücher auch als E-Book erhältlich   [e] nur als E-Book erhältlich

Die drei !!! Mehr aus der Welt von Kim, Franzi und Marie

Entdecke „Die drei !!!" unter *diedreiausrufezeichen.de*

kosmos.de

Mehr aus der Welt
von Kim, Franzi und Marie

Entdecke „Die drei !!!" unter *diedreiausrufezeichen.de*

Freundschaftsbuch

Tagebuch

Spiel

Illustration: Ina Biber

kosmos.de

Tauche ein in die Welt
von Kim, Franzi und Marie!

Entdecke "Die drei !!!" unter *diedreiausrufezeich*

Wirf **einen Blick** hinter die **Kulissen & erfahre** mehr von den **drei !!!**.
Mach mit bei **tollen Gewinnspielen** und lade dir **coole Extras** im **Fancorner** runter!

Los geht's!

Illustration: Ina Biber